空白宇宙

加納朋子

空白宇宙・目次

一　SPACE　005
二　BACK SPACE　121

一……SPACE

第一章

1

不管是怎樣的人，都會有過一兩次「鬼迷心竅」的經驗——就算是像我一樣正義感極強，卻又非常怕事，換句話說，離犯罪行為有如地球到仙女座星雲一樣遙遠的人，可能偶爾還是會做出「那種事」……

我這份深刻體認是源於，再過半天就要跟闊照我一年的月曆道別的那一日所發生的事。

一早醒來，我馬上去陽臺占了最好的位置來晒棉被，因為我看準了晒得暖烘烘的棉被更有助於在大年初一作個好夢。我家總共有六個人，這種時候當然要先下手為強，因為空間是有限的。假日是給姊姊、我和妹妹晒棉被的，而平日的晴天是給媽媽晒他們夫妻倆的棉被。基於「自己的事情自己做」的原則，弟弟的棉被只能一直保持潮濕，直到媽媽看不下去而拿去晒為止。大自然的法則是很嚴苛的。

這天是除夕（註1），我們家已經做完了大掃除，只有弟弟的房間完全沒有人去

1　日本的除夕是以國曆為準。

動。因為大學考試近在眼前，他的房間成了不可侵犯的聖地（雖然是個髒亂的聖地）。除了那個區域之外，家中各處都已打掃得一塵不染。媽媽和姊姊從昨晚就開始準備年菜，在這個領域派不上太大用場的我和妹妹也得幫忙做些簡單的準備工作，譬如壓地瓜泥、剝銀杏、清理鯡魚卵等等。用模子把紅蘿蔔壓出形狀還挺好玩的，但是面對年菜的精緻器皿，我不打算慷慨激昂的自告奮勇「四季豆的筋也讓我來挑吧」。

想要表現當然可以，只不過表現了也沒人會誇獎我。

我從小時候就在做這種助手的工作了。廚房有媽媽和姊姊已經綽綽有餘，所以我的廚藝至今仍然停留在小學生的水準。我和時下的年輕女孩沒啥兩樣，拿手菜頂多只是咖哩飯和荷包蛋之類的東西，而且我笨手笨腳的，削皮都一定要用削皮刀，我的力氣也不大，叫我處理整顆南瓜簡直是要了我的命，我只會把菜刀深深插進南瓜，然後就卡在那裡，結果還是得向媽媽求救，而真正得救的應該是那顆被我整得半死的南瓜。所以說，這種水準根本沒什麼好表現的。

當然啦，只要一手拿著食譜、一手使用量杯或量匙——畢竟我出生於事事依靠說明書的世代，沒有印刷清楚的食譜和標準的測量器材就無法安心——我還是做得出像樣的料理。做是做得出來，但不知是何原因，做出來的東西在外觀上總是不如書中那些漂亮圖片，味道也遠比不上媽媽和姊姊做的菜。我也喜歡吃好吃的東西，可以的話我也不想做出虛有其表的菜，我的家人應該也是這樣想的。

這就是我從不積極參與廚房工作的主要原因。

「等到哪天需要下廚的時候妳就知道了。」

媽媽經常這樣恐嚇我，不知該說是幸或不幸，這種狀況截至今日還沒發生過。為學園祭烤餅乾的那次也是，因為有姊姊這個得力助手，我才能順利烤出堆積如山的香脆餅乾。不對，以當天的情況來看，說我是助手還比較正確。我在那天做了不少工作，但內容都是秤秤材料、洗洗器材之類的事。

像童話故事親切小精靈的姊姊此時正在努力製作她不知從哪學來的伊達卷（註2），真是太勤奮了。

「從殺魚開始做太麻煩，所以我用的是魚板。」

姊姊得意地說著，一邊把材料依次放進食物調理機。

在媽媽和姊姊的眼中，食物調理機絕對是一項偉大的發明，無論是紅白蘿蔔絲、蝦丸要用的蝦肉泥、金團（註3）要用的地瓜泥，全都可以交給這臺機器。照姊姊說的話，伊達卷之後的那一道雞捲也會用到食物調理機，看來這臺機器真是強過我一百倍。

2　日本傳統年菜，把魚漿、雞蛋、砂糖拌勻烤熟，再用竹簾捲成壽司狀。

3　日本傳統年菜，栗子配地瓜泥。

廚房的另一樣利器是微波爐，它從昨天開始就不斷地在運轉，煎小魚乾和煮醬汁都是用微波爐做的，照燒雞和烤蝦也要用到它，伊達卷和雞捲待會兒也會放進去。

年菜的世界比起以前變了很多呢。我說出這句感想還被媽媽笑了：「真像是老奶奶會說的話。」

真的是這樣嘛，譬如金團這道料理本來有一大堆麻煩又費力的程序，得先過篩，再用缽杵研磨，姊姊和我的年紀勉強趕上了那個世代的尾聲，就像是昭和時代的最後見證人。等我活到一百歲的時候，還可以跟孫子們炫耀「這個時代做什麼都很方便，我小時候還用過石臼和大灶呢」，然後聽他們佩服地感嘆「喔喔，這樣啊」。這就是活得久的福利。

在我胡思亂想的時候，媽媽和姊姊仍在俐落地做菜。

看到姊姊把量匙伸進糖罐，我急忙叮嚀：

「砂糖少放一點喔。」

我到現在還是很討厭市面上販售的伊達卷，我的家人們想必也一樣，那些黃色的螺旋狀物體通常會在年菜的漆盒裡躺到大年初三，直到媽媽喝令大家吃完各自那一份為止。附近超市賣的伊達卷都甜得像甜點，比起來自己家裡做的好多了，還可以調整甜度。

聽到只出一張嘴的妹妹在旁邊囉嗦，姊姊還是溫和地回答：

「好啦好啦。」

當拌勻的雞蛋、魚板和其他一些有的沒的材料開始在烤箱內散發出香味時，媽媽把我叫出去跑腿。其實新年的採買早就完成了，可是鴨兒芹和雜炊用的雞肉越新鮮越好，所以現在才要去買。

「這個松葉是指什麼？」

我看著媽媽交給我的購物清單，疑惑地歪著腦袋。該不會是指松葉蟹吧？

「還能是什麼？就是松葉啊，松樹的葉子。」

「妳要這種東西幹麼？」

「裝飾年菜啊。」

媽媽說得一副理所當然的樣子。

我看看桌上的食譜，照片裡的年菜都點綴著年味十足的翠綠松葉或竹葉，還有圖文說明可以把銀杏串的牙籤換成松葉。

「竹葉不用嗎？」

聽到我的問題，媽媽點點頭說：

「有的話當然更漂亮，但是太麻煩了。」

「哪裡麻煩了？」

「就是妳啊。」

我又疑惑地歪了頭。

「……無所謂吧，我可以順便去買啊。」

「說什麼嘛，小駒，妳也真是的。」媽媽露出了對笨孩子感到無奈的微笑。「附近的公園不就長了松樹嗎？」

養大四個孩子的人果然很有想像力。我想起了媽媽拖著我們全家大小去超市買「一人限購一件」的雞蛋或砂糖的事，她完全不在乎店員的白眼，甚至讓坐在嬰兒車裡的妹妹也拿著一件。雖然連小孩子都覺得丟臉，但我可以理解媽媽為了在有限的預算之內填飽全家人的胃是多麼地用心良苦，畢竟五十顆雞蛋在我們這六口之家一週內就會吃光了。

不過我還是試著反抗。

「我說啊，公園裡的松樹不是『長的』，而是『種的』。」

「還不是一樣？」

不，絕對不一樣。

「妳是叫我去攀折公園草木嗎？」

「哎呀，別說得那麼難聽，只是借幾片葉子來用用嘛。」

即使換了說法，做的事還不是一樣？如同把「撤退」改成「轉進」，聽起來就像在騙人。

但媽媽輕鬆地加上一句：

「妳對這種事不是很拿手嗎？妳還會從公園帶回來一大堆桑葚或胡頹子果實呢。」

那都是幾百年以前的事了。我小時候到處都可以看到桑樹和胡頹子，還有被稱為「草原」的空地。我以為再也不會聽見那些詞彙了，還覺得有些遺憾。現在提到胡頹子，都是指一種和胡頹子外形相似的軟糖。

那些事就不管了，總之我聽到媽媽的要求，感想只有「麻煩死了」。購物清單裡還包括為新年訪客準備的點心零食，而且有指定的品牌，得去車站前的百貨公司才能買到，要再去附近的公園很不順路。再說，就算專程繞遠路去了公園，也不見得能拿到我要的「商品」。

我還想繼續抱怨，卻被媽媽斥責「別再拖拖拉拉的了，快點去」。

我輕輕嘆氣，認命地去準備。我穿上黑色高領毛衣配黑色牛仔褲，又加上一件附帽兜的紅色大外套。外面可不像充滿食物熱氣和香味的家裡這麼溫暖又舒適，而是寒風刺骨。我突然覺得自己像是被繼母刁難的灰姑娘……不對，出門參加舞會的是繼母和姊姊，舉這個例子不太適合。硬要說的話，小紅帽還比較貼切。都十九歲了還自詡為小紅帽可能會被罵厚臉皮，反正我穿的是紅外套，應該沒關係吧。

做出結論之後，我說著「我出門囉」走出了家門。

我習慣在出門時順便看看信箱，結果發現箱底躺著一張明信片。我發現收件人是自己，覺得有些意外。這是一張普通的明信片，正面有手寫的兩個紅色大字「賀年」，還沒過年就寄來了。

每年的年底到隔年年初都會出現大量的賀年卡，其中一張不小心混進了普通信件也是情有可原，我並沒有抱怨的意思，也沒有感到不愉快。

不過，這樣確實有些掃興，就像是錄下了運動賽事，可是還沒看就不小心在新聞上看到比賽結果……

我又嘆了一口氣，把明信片放進紅外套的口袋。

這張提前來到的賀年卡是駒井晴香寄來的。

黃昏的街上總是帶著匆忙的氣氛。不久之前隨處可見的聖誕氣氛如今半點都不剩，取而代之的裝飾品是注連繩（註4）和門松（註5），就像新娘將身上的純白婚紗換成了傳統的和服。

4　以稻稈或粗麻繩加上穗子做的神道用具。

5　用松枝和竹子做的新年擺飾，放在大門外。

今年聖誕節我都因為感冒而可悲地臥病在床。我只聽過新年蝸居，還沒聽過什麼聖誕蝸居，這個詞不光是念起來不好聽，感覺也很遜。而我的家人非但不同情我，還冷淡地說「在年終這麼忙的時候可別傳染給我們」，正在準備考大學的弟弟更是把我視為貨真價實的瘟神。

所幸家人在這疾病之神短暫滯留的期間都沒有受到波及，一定是因為我平時累積了很多福報吧。

去年的這個時候我已經確定可以推薦入學，所以能輕鬆愉快地迎接新年。想到這點，我對弟弟真覺得過意不去，還好我至少沒有把感冒傳染給他。

正當心底難得湧出體諒時，我到達了車站一帶。依照規劃好的路線，我先去百貨公司買茶點，回途再順便去花店，發現店內擺出了不合時節的松枝。不對，現在一定正當時節，否則就不會賣得這麼貴了。雖然這些松枝很漂亮，而且有六十公分長，但是三支賣七百九十圓實在太離譜了。

這些松枝想必是在新年期間用來裝飾壁龕的，旁邊還擺出了梅枝和菊花。

如果把這麼大的松枝用在媽媽計畫的用途，應該足以裝飾一百人份的年菜吧，就像是為了點菸而拿來火把。

在這種情況會毫不猶豫買下松枝的只有我們家的小妹，上面的兩人——也就是姊姊和我——都繼承了媽媽的金錢觀，所以絕對不可能會買，應該說就算想買也買不下去，甚至還會開始計算七百九十圓可以買到多少公克的豬肉、多少公克的牛肉。至於弟弟嘛，他才不會答應幫忙跑腿，是說媽媽根本不打算使喚他。我也勸過媽媽，再這樣下去一定會養出一個什麼都不會、只會吃飯洗澡睡覺的男人，而媽媽只是苦笑。

如果換成是姊姊，她應該會乖乖地去公園，但她膽子不夠大，不可能真的去摘人家的松葉。媽媽就是看準了我能做到，但我一點也不覺得光榮。

好啦，現在該怎麼辦呢？

直接在這裡買比較省事，可是我一看到價錢就打消了念頭。話雖如此，要我空著手回去我又不甘心。

走出百貨公司時，我突然停下腳步。

門外的左右兩側都裝飾著巨大的門松。中間用了極粗的孟宗竹，看起來非常氣派。既然是門松，當然也用了很多松枝。

好啦，前情提要說得夠多了。

所以呢……

我就是在這個時候被鬼迷了心竅。

此時我的腦海中確實冒出了很多想法。我最先想到的是提著大包小包去公園很麻煩，再者百貨公司的門松用不了多久就會被當成垃圾丟掉，總之都是這一類的自私想法。

而我的身體反應得比腦袋更快。

我把手伸向門松背面的一根松枝，試圖在末端折下一小截。其實我還是有些怕的，因此選了比較不起眼的地方，可是松枝比我想像得更堅韌，怎麼折都折不斷。當我急得滿頭大汗時，突然有人對我說話，差點沒把我嚇死。

「不好意思，這位客人，請問妳在做什麼？」

一位身穿制服、威風凜凜的警衛手插著腰站在後面。

（嗚哇！）

我在心底發出了漫畫人物會有的哀號。人在受到驚嚇的時候似乎都會變得很有喜感。

至於當事人的心情當然不會是喜感，此時我滿腦子想的都是各種可怕又悲慘的畫面，諸如「現場直擊！竊盜案與日俱增。哭著道歉的小偷」之類的特別節目會有的內容。

但是後來上演的既不是怒吼，也不是鬼哭神嚎的慘狀。

「妳拿那個做什麼啊？」

警衛用輕鬆的、帶著笑意的語氣問道。聲音聽起來很熟悉。

我戰戰兢兢地抬起頭來，看見的是瀨尾忍著笑的臉龐。

2

「嚇死人了！真是的，不要嚇我啦……害我差點停止呼吸。」

我蠻不講理地向他抱怨。

為什麼他偏偏在這種時候出現？

我第一次見到瀨尾是在突然下起雨的公車站，後來又在百貨公司天臺上的天文館和偶然路過的書店碰到他，我們總是在意想不到的地方不期而遇。說起來我們見面的次數並不多，他又是比較冷靜低調的那種人，但我們的相遇卻都極富衝擊性，一定都是因為這些「意想不到」和「不期而遇」所造成的。

我按著仍在怦怦作響的胸口說：

「你又找到新的打工了？」

他當過天文館的員工，也當過書店的店員，所以我看到他在百貨公司當兼職警衛也不是太意外——如果只是正常地路上碰到的話。

瀨尾笑著點頭說：

「只是年底年初的臨時打工啦，熟人幫忙介紹的。妳也知道，我不顧自己的經濟狀況跑去國外旅行，所以現在荷包很緊，只能努力工作了。」

瀨尾不久之前為了看南半球的星星而去了紐西蘭。真是個天文青年。

「年底年初……也就是說你新年還要工作囉？」

我望著「一月一日上午十一點開張」的布幕說道。最近百貨公司越來越勤勞了，明顯地表達出不景氣之中的死命掙扎，讓人想要為他們掬一把同情的淚水。

「嗯，在松內期間。」(註6)

看他爽快地承認，我又在心底叫著：「嗚哇！」

「我的父母一定無法想像新年不和家人一起悠哉地度過，尤其是從除夕到初三，我們家不論是新年參拜，還是在家裡收看箱根驛傳(註7)，都是全家人一起。」

在我們家，新年的意義就是一家六口全部擠在客廳吃吃橘子、喝喝茶，這種情景在電視或雜誌上很常見，但一點都不符合時下青少年的風格。

其實弟弟上了高中之後就不太喜歡成天和家人待在一起，如果他會出去和女孩子約會，我父母的新年觀念可能還會多少改變一些，但他只是懶洋洋地窩在自己房間睡覺，所以父母頂多只是覺得「這孩子真不合群」。但問題根本不是出在這裡啊，身為時下年輕人的父母，身為正值青春的女兒和兒子的父母，他們的警覺性實在太低了。說是這樣說，其實不只是弟弟，連我們這些姊妹也沒有足夠的上進

6　新年裝飾門松的期間，通常是指元旦至一月七日或一月十五日。

7　關東學生的驛站接力賽。

心（？）能改變父母的新年觀念。

我的好友阿蛋說過我們家真是百年如一日，就像漫畫《海螺小姐》的家庭。我聽了就反駁說「那妳就是海螺小姐家裡的貓咪小玉囉」（註8），真是軟弱無力的反擊。

「嗯，有家人的話應該都會這樣過吧。」

瀨尾面帶笑容說出這句話，讓我頓時大驚失色。

我是不是說錯了什麼很嚴重的話？

仔細想想，我對瀨尾的私事幾乎一無所知。說我不想知道是騙人的，但是從他偶爾透露的隻字片語來看，我感覺他好像不希望別人多問。或許瀨尾根本沒有這個意思，而是我自己想太多。

「……上次的事真感謝你。」

在短暫而不自然的沉默之後，我突然換了話題。這話題轉得有點勉強，但我真的一直想要向他道謝。

那是一週前的事。光是想起那個下著霙的寒冷聖誕前夕，我都難過得幾乎胃痛。如果當時瀨尾不在，真不知道會發生什麼事。或許會陷入最壞的情況，也說

8　小玉和阿蛋的發音都是tama。

不定什麼都不會發生。但是，那對兄妹都是因為他才能改善關係……依照小說的用詞，那是「另一個故事」。

「那天最累的應該是妳。後來沒有感冒吧？」

瀨尾說得很輕鬆，彷彿不覺得自己有任何的功勞。

「其實我後來在床上躺了兩三天……真是丟臉。」

我臥床時一直抱著綿羊的事就不提了。

「哎呀呀。」

見他一臉擔心，我急忙接著說：

「如你所見，我已經完全復原了，還被派出來做今年最後的採買。」

瀨尾換了一副惡作劇的表情說：

「來做年終採買為什麼要摘百貨公司的門松？」

他低頭盯著我的右手。這時我才發現自己的手上緊握著一小截松枝。剛才明明怎麼折都折不斷呢，這就是所謂的火災爆發力吧。

「……可以請你當作沒看到嗎？」

我雙手合十拜託瀨尾，他卻故意刁難地說：

「這個嘛，還得看情況。妳有什麼重大的理由嗎？」

我想了一下，「裝飾年菜」算得上瀨尾說的「重大理由」嗎？

我在心中默默搖頭。這個理由稍嫌薄弱……不，非常薄弱。

「其實……」雖然沒必要壓低聲音，但我還是說得很小聲。「我弟弟明年就要考大學了。」

「真辛苦。聯考嗎？」

「嗯嗯，是啊。這個不知道該說是迷信，還是某種都市傳說，總之我聽說考試那天帶著別人家門松的松枝就一定會合格。」

「這個傳說我還是第一次聽到。為什麼是門松呢？」

「這個嘛，大概是在大學的門前等著的意思吧……」（註9）

我面帶微笑地胡亂解釋，瀨尾也溫和地笑著回答：

「就像說著『年輕人，進來吧』這樣？」

聽起來就像什麼可疑的廣告詞。我陪著笑臉說「大概吧」。

「而且聽說門松越大越好，所以我才會來這裡。」

「這裡的門松鐵定是全市最大的。」

「就是啊。」我用力點頭。「我弟弟的偏差值遠遠不及他想考的大學，所以非得用這麼大的門松不可……做出這種事真是抱歉，但這都是因為我對弟弟的愛……」

9　「松」和「等待」的發音都是matsu。

「我發現了。」

瀨尾愉快地說。

「啊？」

「妳在說謊的時候眼尾會稍微往下垂。妳可要記住了。」

「下垂？」

「嗯，妳的眼睛會變成鯨魚的形狀。還有，妳會一直眨眼。」

我恍然大悟。難怪我每次說謊都會被識破。

「……下次要說謊時我會先戴上墨鏡。」

「那樣確實比較好。真正的理由到底是什麼？」

「這個嘛，其實……」我本來想要繼續掙扎，再想個更可信的理由，結果還是決定說實話。「其實是我媽叫我拿松枝回去裝飾年菜……」

這不是謊話，只是省略了一些事實，所以我的眼角沒有下垂，眼睛應該也沒有眨。媽媽當然沒有叫我來拿百貨公司的門松，但我不需要特地說明這一點。

瀨尾口中發出奇妙的聲音，肩膀還微微一顫。多半不是因為寒冷。

「好吧，這次就放妳一馬吧。」瀨尾不知為何露出苦澀的表情。「我如果繼續在這裡跟女孩子聊天，一定會被開除的。好啦，快把東西收起來吧。」

我急忙把松枝放進口袋。這時，我摸到了明信片的一角。我把明信片拿出來放在另一邊的口袋，以免弄髒。

「那就這樣啦，改天見。」

瀨尾揮揮右手，輕鬆地說道。

旁邊擠滿了購物的顧客，瀨尾大概很快就會淹沒在人群之中。

我突然叫道：

「啊，瀨尾，我有一些信件想讓你看看！」

「信件？」

瀨尾歪著頭問道。這是他對某些事感興趣時的習慣動作。此外，「信件」也是我們之間的關鍵字。

我用力點頭。

「是啊，有一些信件，數量還不少……如果你不嫌麻煩的話，我過兩天就拿給你。」

第二章

＋＋＋＋＋＋＋＋＋

晴香：

妳好嗎……我本來想要這樣寫，可是我們不久之前才見過面。小時候若要寫信，譬如寫信給轉學的朋友報告近況，或是寫信給親戚謝謝他們送的入學禮物，開頭一定都是「你好嗎」。現在應該要改成大人的風格，畢竟我都已經是高中生了。不過既然是寫給妳的，應該沒關係吧。

我很好（這也是小時候的慣用句）。妳適應新環境了嗎？依照妳的個性，和我分開之後是不是會寂寞地哭泣呢？姊姊好擔心妳呢。開玩笑的啦。

謝謝妳送我信紙和信封。這套信紙組好可愛，很有少女的風格，我立刻就拿出來用了。送信紙的意思是要我多多寫信嗎？那我就如妳所望多寫一點。感覺有點怪耶，仔細想想（其實不用想也知道），這應該是我第一次寫信給妳，因為我們從前一直在一起，根本用不著寫信。

答應要寫信給妳卻拖了這麼久，真是不好意思。妳是不是很擔心呢？我這陣子還挺忙的。也不知該說是忙，還是手忙腳亂……因為我們都有了新的校園生活嘛！我上學要搭電車十分鐘，再搭公車二十分鐘，比我們以前的高中近多了，但是車站和學校附近什麼都沒有，在公車上看到的盡是鄉村景象，接著就看見學校出現在一片空曠之中。我們學校是用紅磚建造的漂亮建築，校內還有一座高塔，如同學校的標誌。在社團聯展時，聖經研究會還莫名其妙地炫耀「可以玩扮演修女的遊戲喔」，不過的確有那種感覺。學校是在不久之前才剛遷到郊外，所以看起來還很新，設備也很完整。餐廳有兩層樓，分別供應正餐和輕食，每到中午就會擠滿學生，或許是我還沒習慣吧，去那裡吃飯都覺得有點累。若是不帶便當，除了學生餐廳以外也沒有其他選擇了。餐廳每天提供兩種套餐，此外還有咖哩飯、烏龍麵、蕎麥麵，價格很便宜，味道也過得去，所以算是挺不錯的。

對了對了，說件不相干的事，今天早上公車司機突然轉過頭來，問我「這裡要右轉嗎？」，我回答「我才剛入學，不太熟悉路線……但我想應該沒錯吧」，他就說「不好意思，我是第一次開這條路線，啊哈哈」。這地方果然很悠哉，我從沒想過會被公車司機問路呢。他看起來挺年輕的，說不定是今年春天剛出了社會。妳也知道，這個時期在百貨公司或銀行經常看得到胸前掛著「實習中」牌子、一副戒慎恐懼的社會新鮮人。不久的將來，我們也要學習進入社會吧？一想到這裡，我就能用寬容的眼光看待他們慢吞吞和生疏的表現了。但我還是不希望司機走錯路，要是說出這種遲到理由，老師一定不會相信。

言歸正傳，繼續談學校的事吧。短大和高中差別最大的地方，應該是要依照自己的課程計畫來規劃一般科目和專門科目的時間比例吧。我打算考圖書館員資格，所以必須拿到八十五學分，而且要在兩年之內修完，課程還挺吃重的，加修教育學程的人就更辛苦了。依照不同學程的情況（如果運氣夠好）有可能避開週六。我依照興趣選了文藝學程的近代文學，很幸運地完全避開了週六，雖然只限第一學期。太好了，我可以週休二日了。

妳可別誤會喔，我不想上週六的課絕對不是為了偷懶，而是因為第一學期的週六只有哲學和日本中古文學，但我想上的是社會學和日本近代文學（這是在辯解什麼啊？）。

我跟妳說喔，學校發給我們的課程清單很離譜耶，週五的第一節次竟然有三堂必修課撞在一起，包括保健體育、日本文藝思潮，還有圖書館員必學的英文打字。這是要叫我們怎麼辦呢？這麼一來只有三胞胎能選課了，再不然就是得靠分身術。這絕對是校方的過失。除此之外，我們還得同時選好下學期的課程。我的課程表排得有點擠，不過沒有空堂也是一件好事，因為學校旁邊只有山林和農田，如果中間有空堂，根本沒辦法在附近找一間咖啡廳打發時間。如今我更清楚地意識到，這和我高中時代夢想的大學生活差了多少。

不管怎麼說，大家都在抱怨三堂課衝堂的事，校方過陣子應該會想出因應措施吧。

因為週六不用上課，我在黃金週可以連放四天假喔。啦啦啦～

將來的假日就先不提了，關於近日的計畫，我們下週要去參觀橫濱的神奈川近代文學館。那天要直接去橫濱的觀港山丘公園集合，我有點擔心沒辦法順利抵達……畢竟我是個大路痴。

接下來，五月初要觀賞能樂，五月底要去東北進行研修旅行，兩趟行程加起來總共要花四萬圓。其實這價格已經很便宜了，但還是一大筆開銷，對爸爸媽媽真是過意不去。

如果我選擇人文地理，研修旅行就得去三浦半島和富士山一帶，所以只能打消念頭，免得花更多錢，給父母添更多麻煩。我真是個體貼的孩子啊。（三浦半島也就算了，富士山未免太……）

最近兩三天都在下雨，櫻花紛紛散落，真是詩情畫意。我今天還在上學途中吟了一首詩，不枉我讀了文藝系。

飛櫻如雨霧
落傘杳無聲

就是這兩句。唔，寫得普普通通啦。
但現實可沒有那麼詩情畫意。風好大，天氣好冷，公車好久都不來，害我一直在風中發抖。
呼，已經寫了八張信紙，好累啊～我從來沒寫過這麼長的信呢，一定是新生活令人充滿了幹勁。讀信的人想必也會讀得很累。真是辛苦妳了。
哎呀，都這個時間了。差不多該上床睡覺了。
「一覺睡到明天早上～」
小時候好像唱過這樣的兒歌。
先寫到這裡啦，掰掰。
保重唷。

草此

＋＋＋＋＋＋＋＋＋

晴香：

好久不見。用作業紙寫信給妳真是抱歉，因為我沒有時間慢慢寫信，只好在學校寫了（註：絕對不是在課堂上寫的）。

謝謝妳的來信，還有，對不起，沒想到我貼的郵票不夠……是我耍笨了，因為我沒寫過那麼長的信，都不知道郵資是照重量來算的。郵局是什麼時候加了這條規定的？什麼？一直都有？呃，對不起（淚）。很抱歉，以後我會注意重量的。如果我下次又寫了大河劇……不，是大河信，一定會拿到郵局秤重。我還會寫滿信紙的正反面，雖然這樣似乎不太好讀。

這事就不提了。妳的大學生活也過得很愉快嘛，甚幸甚幸。看妳這麼快就能交到新朋友，讓我又羨慕又嫉妒，總之還是甚幸甚幸。

我也漸漸和一些人熟起來了，不過頂多只算普通朋友。其實我還滿怕生的，我不像妳那麼隨和，很少主動跟人親近。

我和一個叫作小兔的女生在開學典禮之後經常交談，她的學號剛好和我連在一起，是個很有女人味的可愛女生。還有另一個叫作貓小姐的人跟我莫名地投緣，她的身材很好，長得又漂亮，而且個性勤奮，腦袋也很聰明。她修了教育學程，目標是成為老師。她這麼快就開始規劃未來，真了不起。

對了，妳聽到小兔和貓小姐一定在想「什麼玩意兒」吧，這些當然是綽號，而且只有我在用。說是這樣說，其實兔子和貓都是她們自己取的。

在某一堂課要自我介紹時，老師說「用普通的方式太無聊了，所以請大家用一種動物來形容自己，而且要說出理由」。大家可能覺得這是自我宣傳的好機會，所以每個人都想得很認真。但有些人的自介真的很自虐……

大象：因為腳很粗。

河馬：因為嘴巴很大。

還有一個女生說自己像「毬藻」，她出的怪招搞得全班哄堂大笑，連老師都吐槽說「毬藻是動物嗎？」，但她的態度很認真，說自己對於躺在湖底、浮浮沉沉的毬藻很有認同感。真是莫名其妙。

順帶一提，我想到的動物是「企鵝」，因為牠明明是鳥卻不會飛，明明是鳥卻會游泳。我的答案也有些莫名其妙吧。

令我意外的是，我本來以為說狗或貓的會有很多人，結果卻沒有幾個人，回答狗的人多半會指明㹴犬或貴賓犬之類的品種，而回答貓的只有貓小姐一個人。大家似乎覺得選了和別人一樣的動物很沒面子吧，聽完全班的自我介紹後，我感覺每個人都好有個性。學號排在後面的人真可憐，有人說了科摩多巨蜥之後，又有人說了雷龍，最後連哥吉拉都來了，答案越來越傾向怪獸類，真的很搞笑。她們大概是自暴自棄了吧。回答哥吉拉的明明是個皮膚白皙，楚楚可憐的女孩，一點都不凶猛。

舉出的動物最符合真實形象的人，應該就是小兔或貓小姐吧。貓是還好啦，會回答兔子的人一定很了解自己長得多麼可愛。這也是應該的，畢竟世上有相機這種東西，還有鏡子。

啊，老師來了。先寫到這裡，晚點再聊。

從這裡開始是在房間裡寫的。進入短大之後，我終於有自己的房間了，真開心～

今天下午有社團聯展，民歌社準備了樂團現場演奏（不知為何是搖滾樂），輕音社演奏了夏威夷音樂。除此之外，土風舞社還找來其他大學的男生一起表演，舞研社則是跳社交舞，但女生穿的是正式的舞衣，男生卻是穿學生服，看起來很不搭調。

從社團活動可以看出大學之間的交流非常普遍。

話劇社來邀請我「要不要加入話劇社啊，要當幕後工作人員也行喔」，滑雪社也邀請了我，但我目前還在考慮，當話劇幕後工作人員是還好，但滑雪太花錢了，考慮到我的課表，我大概沒有時間打工吧。

說到滑雪，妳還記得我們高中的畢業旅行去了八幡平嗎？那次下了好大的雪，我一輩子看過的雪加起來都沒有這麼多。那次是我打從出生以來第一次滑雪，所以搞得手忙腳亂，還因為不會煞車而撞進雪堆，越掙扎就陷得越深，如同一隻掉進蟻蛉洞穴的螞蟻。我不禁自暴自棄，覺得怎樣都無所謂了。

這時朋友來了，還演起遇難的戲碼：「小駒，別睡啊，一睡著就會死掉喔！」

「別管我，我要冬眠了，睡到春天再起來。」

「妳又不是熊。」

當時還有這樣的對話。唔，孩子果然很天真啊。不過那只是兩年前的事，我應該不會短短兩年就成了大人。

那位教我們滑雪的大哥還挺帥的，大家都搶著要跟他拍照……妳還記得嗎？

總之，我還是別加入滑雪社吧。

等我決定選哪個社團再寫信告訴妳。

草此

p.s.　對了對了，上次提到三門課衝堂的事，學校已經換了課程時間，這樣一來就不用使出分身術了。我還考慮過找妳來代點名呢（開玩笑的）。

＋＋＋＋＋＋＋＋

晴香：

謝謝妳的來信。拖了這麼久才回信真是抱歉，沒想到才剛入學就要交一大堆報告，真討厭，尤其是「修辭學與習作」。再怎麼說，寫報告總是比考試好。

第一次上這堂課時，我忍不住在心底驚呼「哇塞！」。這並不代表我看到了什麼糟糕的事情，情況正好相反。

教這門課的水野老師是個絕色美女。

她有一頭烏溜溜的長髮，在知性的額頭中央分成左右兩條瀑布流向背後，好像平安時代的公主。但她有著平安美女缺少的雙眼皮和大眼睛，鼻子又挺又漂亮。

她還有著低沉富磁性的嗓音，說起話來滔滔不絕。把她形容成知性美女不太合適，但知性確實讓她的天生麗質顯得更美。我好欣賞她，就像宮澤賢治那句「我想成為這樣的人」，但是以我的資質大概很難達到。

「真漂亮……」

我喃喃自語著（當然很小心地不讓老師聽見），立刻引發了旁人的共鳴。

「就是啊……」這位大力贊同的人就是毬藻小姐。

之後我也對小兔說了一樣的話，她回答我：

「雖然她打扮得很年輕，但年紀應該不小了吧，皮膚也沒什麼光澤。」

小兔明明長得很可愛，沒想到講話這麼毒。我非常意外，甚至有點被嚇到。

「修辭學與習作」的座位是依照學號排的，這種作風（在大學之中）非常罕見。後來我才知道，這樣學生就沒辦法找人代點名。今後的這一年，坐在我前後左右的都是固定的人。

這一年都要和毬藻坐在一起了……我是不會排斥啦。

話說水野老師人長得美，個性卻很嚴厲，而且動不動就出一大堆作業……不過多半可以「挑選喜歡的主題和文類」，也就是自訂題目的作文。我就是喜歡文學才來讀文藝科，當然不討厭寫文章，但水野老師根本就是《網球甜心》裡面瘋狂訓練岡浩美的宗方教練，作業出個沒完沒了。

「教練，我站不起來了……」

「別撒嬌了，給我站起來！」

就像這樣，我好像在演運動漫畫的主角。

光看外表的話，水野老師一點都不像宗方教練，倒是有點像蝴蝶夫人。

「妳的反應太慢了喔，浩美。」她看起來就像會說這種話的人。

外表的事先不管，水野老師另一個會讓我想要驚呼「哇塞」的地方，就是她喜歡讓我們當眾念出自己寫的文章，也就是朗讀。

真沒想到，念自己的文章給別人聽原來是這麼丟臉的事……拜託別這樣啦，真是的。

大家在寫作業時都沒料到會有這種事，所以寫得很隨興，無論是創作故事或真實生活，什麼內容都有。通篇寫滿了夢想或愛情這些字眼的人更是後悔莫及，她們在朗讀的時候臉都紅了。文章充滿少女風格的人還挺多的呢。我寫的雖然不是這種文章，但讀起來還是很羞恥。這根本就是酷刑嘛。

話說回來，我在選課的時候也稍微設想過課程的內容，結果實際上課完全和我想的不一樣嘛！我對「詩論」本來充滿了期待，結果開始上課卻是在探討「詩的定義」，而「國語學與習作」則是分析詞性、說明文法，把詩拆得支離破碎的，嗚嗚……這樣詩太可憐了啦。

話雖如此，這種讓人想要鑽進地洞的羞恥體驗（是說「修辭學與習作」的事）的確讓我們的寫作能力突飛猛進……大概吧。至少我們學會了在寫作的時候要考慮到其他人的目光（以及耳朵），不能再封閉於自己的世界，這點非常重要。這些都是從老師那裡現學現賣的啦。

其實我正為了作業而頭痛呢。我自訂的題目是「SPACE」，寫的是以前掛在家裡的「宇宙地圖」。妳還記得嗎？那是美國太空總署製作的，很氣派地掛在立式鋼琴上方。帶回那張地圖的爸爸說「這是美國一個很有地位的客戶送的禮物喔」。那張圖的尺寸和海報一樣大，還是全彩的，美得令人屏息。太陽系的行星飄浮在黑暗深邃的紫藍色宇宙中，木星像一顆巨大的瑪瑙，火星彷彿燃燒的石榴石，而地球則是有著絢爛藍色光輝的蛋白石（我正好寫到這一段的形容）。

行星和衛星的名字以及它們和地球的距離都用反白的字體細細地印在上面，那當然是用英文寫的，所以我小時候根本看不懂。不過，或許就是因為看不懂，我才會那麼著迷。

水金地火木土天海冥——我當時已經學了這句口訣，但我只覺得聽起來跟「bibbidi-bobbidi-boo」（註10）和「喊喊噗咿噗咿」（註11）差不多。

10　迪士尼動畫「灰姑娘」的魔法之歌。
11　父母在幼兒摔倒時會說的去除疼痛咒語。

不管怎麼說，這句咒語至少讓我知道了一件事，那就是太陽系裡有九顆行星：水星、金星、地球、火星、木星、土星、天王星、海王星、冥王星。

可是爸爸帶回來的宇宙地圖上只有八顆行星。太陽當然不在其中，月亮和木星的衛星也沒有算在內。那時的我只是個孩子，但我還是知道恆星行星和衛星的差別。

就連給小學生看的雜誌附錄都清清楚楚地寫了太陽系有九顆行星，而那張地圖還是用美國太空總署製作的資料複製的……

美國太空總署也會犯錯啊……小學時代的我還這樣想過。

這真的很奇怪，我現在覺得不可能會有那種事，甚至懷疑這是不是因為有一顆行星消失了。

妳知道為什麼宇宙地圖少了一顆行星嗎？如果不知道，從以前的全景攝影裡就能找到提示。我會把答案寫在下一封信裡。差不多該回去繼續寫作業了。寫信明明可以寫得這麼長，為什麼一換成「作業」我就遲遲無法動筆呢？真是搞不懂。

那就先這樣啦。感謝妳花了這麼多時間讀信。啊，還有，妳不用擔心沒辦法寫得像我一樣多啦，我只是「大而無當」（咦？不對嗎？），而妳卻是「小顆的胡椒一樣辣」（這句就對了！）。

這次的信我一定會親自拿到郵局。在那之前，應該先擔心信封裝不裝得下……

就先這樣啦
接著又是一堆廢話
我這一封信（這首詩的字數錯了吧！）

這次真的要結束了。下次再聊啦～

草此

＋＋＋＋＋＋＋＋＋

晴香：

妳好嗎？

我們學校門前的公車站附近有一片田地，那裡本來是用來堆材料的，最近不知為何開始挖地，而且他們挖的方式很奇怪，先用繩索圍成兩公尺見方的正方形，才在圈起來的範圍仔細挖掘，挖了一陣子之後，可能發現有偏差，又一點一點地往外挖。依照貓小姐的看法，那裡可能埋了古代的陶器或箭頭之類的東西吧。說不定我們學校的地底下也埋了古代人的骨骸呢。此外，聽說貓小姐就在那裡打工喔。我都不知道那裡有在徵人。好好喔，我也想去做，真不甘心（不過貓小姐說那裡的工資少得可憐，而且如果我去做，多半會把挖到的東西放進自己的口袋……）。

再來吟首詩吧。

沉眠學校下
克魯麥農人（註12）

應該不會是那麼古老的東西吧？

這事就不管了。

上次那個「行星消失之謎」（講得很像一回事）妳知道答案了嗎？其實沒什麼大

12 Cro-Magnon，舊石器時代的人種。

不了的，只是因為信已經寫得太長了，所以還沒交代清楚就草草結尾。

我現在就告訴妳答案吧，爸爸帶回來的「宇宙地圖」是精巧的複製品，他還為此費了一番工夫呢。美國客戶送的禮物當然不可能讓一個社員帶回自己家，而那個年代的彩色印刷貴到超乎想像，製作費用絕對不便宜，而且地圖太大張，還得分成好幾次影印，再一張張地拼起來。

爸爸最擅長這種需要毅力的工作了。妳還記得我說的提示嗎？

妳應該看過吧？爸爸年輕時的相簿裡有一張八方尾根的廣角照片。說是廣角，其實那個年代的照相機並沒有廣角鏡頭的功能。熱愛登山的爸爸想要把飛驒山脈的後立山連峰拍進一張照片，所以他一邊旋轉一邊拍照，再把洗出來的四、五張照片接在一起，上下修齊，雖然做得很粗糙，但他真的做出了廣角照片。

爸爸的手很巧，他一向喜歡這種精細的工作。或許是因為做過那張山脈的廣角照片，他才想到了複製宇宙地圖的方法吧。

總而言之，在剪貼的過程中——或許是為了配合海報邊框的尺寸——有一顆小行星消失了。現在東西不在我眼前，無法確認消失的是哪一顆行星，但我覺得應該是冥王星，因為那是太陽系的行星之中最小的一顆，而且離太陽最遠。這樣說來，冥府的國王陛下實在太沒面子了。

爸爸那一幅力作不知何時從客廳裡消失了。東西去哪了呢？應該不可能丟掉吧，想找的話或許還找得出來，但我並不打算去找，因為那張圖會讓我想起不好的回憶。

這件事我還沒告訴過妳。

那是今年一月的事。

在一個寒風徹骨的夜晚，我剛聽完升學講座，在昏暗的路上慢慢走回家。突然間，我發現天空特別明亮，不經意地停下腳步，抬頭一看，不禁發出驚呼。

那片夜空還不到「滿天星斗」的程度，不過我從小到大都不曾在家附近看過這麼燦爛的星空。

那時一定是正好湊齊了幾項觀測條件，因為我停下來的地方是只有昏暗路燈的住宅區，而且當天早上下過雪，把大氣中的灰塵掃除一空。

我感覺很久沒有抬頭看過星星了。就在此時，我突然想起那幅宇宙地圖。咦？那東西去哪了呢？對了，裡面少了一顆行星呢。

當時的我一定渾身都是破綻，結果就很可憐的碰上了色狼。偏偏還是在我思緒飛到遙遠太空中的時候，真是討厭死了。

所幸剛好有個女人騎腳踏車經過，才沒有發生什麼事。

也不能說什麼都沒發生啦。突然被人從身後抱住的恐懼感，還有胸部被碰到時的戰慄——雖然我當時穿著制服外套——那震撼的感受讓我後來消沉了好久。

唔……我又想起那種噁心的感覺了……

把宇宙地圖和這種恐怖回憶連在一起，宇宙地圖也很無辜吧。

漆黑夜路誠危險

宇宙地圖務提防

什麼跟什麼嘛。

妳也要小心一點喔，因為色狼專挑長相可愛、身材漂亮的好女孩（啊哈哈）。

不行不行，我得趕快去寫作業。明天第一節次有課，要是睡過頭就死定了。

就先聊到這裡啦，晚安（還不能去睡就是了）。

保重唷。

草此

＋＋＋＋＋＋＋＋

晴香：

每次都寫這種大長篇給妳真是不好意思，雖然我也會擔心「小晴大概看累了吧……」，或是「說不定我惹人家討厭了」，但妳溫柔地鼓勵我說「我每天都很期待喔」，所以我還是繼續寫了。

（可是妳竟然說「看到笑出來」，我那些正經的青春故事到底哪裡好笑了啊？）

今天發生了一件讓我有點沮喪的事。

我們班上有個很可愛的女生，我記得她在那次自我介紹是用孔雀來形容自己，因為她很愛打扮。我對小兔說「那個女生很可愛耶」（我老是說這種話），結果小兔就不高興了。

「穿著那麼貴的衣服，任誰都會變得可愛。」

她這樣回答我。看來小兔不喜歡別人在她面前誇別的女生可愛，女孩子就是這麼複雜、這麼難搞。

如果我有小兔的外表就夠滿足了。或許是我太單純了吧。

這點雞毛蒜皮的小事也能讓我難過半天，這真是我的壞習慣。

今天的古典文學停課了。這門課的老師姓岩熊，但他體型矮小，一點都不像熊，年紀也很大了——說得難聽一點，我甚至擔心他還沒走上講臺就突然倒下——開學還不到一個月，他已經停了兩次課。我上次也提過，學校附近只有地瓜田和遺跡的挖掘地，沒辦法找間咖啡廳悠哉地喝咖啡，就算要搭公車去車站附近溜達也沒有足夠的時間。上次停課是下雨天，我也只能去圖書館看書，但這次天氣很好，所以我就跟四、五個人在學校附近散步。

踏出學校後門竟然就是一片森林，或者該說是深山。其中一個人說「好像會有山豬跑出來」，大家聽了都哈哈大笑，可是沒過多久就看到路邊豎著告示牌，上面的墨痕還很鮮明。

此處是禁獵區。

開玩笑的吧？什麼禁獵區啊？真是不敢相信！眾人紛紛喊道。會嚇到是很正常的，既然強調這裡是禁獵區，就代表附近是打獵區，也就是會有扛著槍的大叔們在那邊打鳥或打山豬。

「我是嚮往湘南海岸才會來讀這間學校耶，為什麼現在會在深山裡？」

還有人很哀戚地如此喃喃自語。

我來考這間學校之前給妳看過的那本入學手冊簡直是詐欺啊，要去照片上的海岸得從學校搭二十分鐘的公車再換電車，從內陸來的學生都覺得失望透頂。這就像是本來想聽南方之星的歌，卻突然落入了「山男之歌」或「森林中的熊先生」的世界。

不知道該不該說是幸運，學校的後山並不高，也不算太荒涼，只有平緩的上坡路，沒走多久就變成下坡路了，與其說是山，更像是小丘。翻過這個小丘，有一片小小的盆地，放眼所見全是田地、零散的住家、小河，就像畫中常見的鄉村風光。這片風景非常恬淡舒適，卻讓嚮往著湘南海岸的女孩們更覺得悲哀。

說是這樣說，春天的田園風景真的很漂亮耶，到處開著木蘭花，還有直挺挺的油菜花，到處翩翩飛舞的白粉蝶……還有眼前這片開了花的青蔥。

「那是什麼東西？模樣真有趣。」還有人這樣問。所以說都市長大的孩子反而什麼都不懂。

從東京來的同學說，二十三區有些地方還是看得到田地，不過市中心的農田多半是用來減稅的。我不禁感嘆，原來是這樣啊。我家附近別說是農田了，根本連裸露的泥土地都看不到呢，哼哼。（這有什麼好炫耀的？）

講件無關的事，我房間北側的窗戶幾乎緊貼著另一家的牆壁，這種情況在密集住宅區確實很常見，不過那面牆上的小窗從來沒有打開過，讓我忍不住懷疑那裡是廁所……

算了，怎樣都無所謂啦。

總而言之，利用停課的時間去禁獵區散步還挺愉快的。

「空氣好清新啊。」

我做了深呼吸，卻發現花草和泥土的味道之中還混著某種不太好聞的味道，仔細一看，不遠的前方有間小屋。

那是用來養豬的。

對了，某天搭公車時，我看到一輛載著豬的卡車經過，嚇了一大跳。另一次，我又看到蓋著塑膠布的卡車經過，從縫隙間露出了黃色的東西，我還在思索「那是什麼？」，從敞開的車窗飄進來的味道立刻給了我解答，原來整車都是醃蘿蔔。竟然這麼豪邁地直接把醃蘿蔔堆在貨斗裡，真叫人吃驚。

寫到這些事，我都覺得自己真的成了鄉下的女學生。除了我們學校以外，還有很多學校也從市區遷移到郊外，或許還有不少人遇到同樣的處境吧。

養豬的小屋後面又是一片小小的田地，那裡種了各式各樣的作物，但是連我也不知道那裡種的是什麼。最外面一圈種的是紅色和黃色的花，漂亮得不像是會出現在這裡的植物，從高度和葉片形狀看來，有一點像鐵砲百合，但是頂端有一簇類似鳳梨的冠狀葉子，下面掛著一圈鐘形花朵。我還是第一次看到這種花。

有個女人蹲在那邊除草，大家紛紛向她打招呼說「妳好」，她也客氣地回應「妳們好」。這時毬藻好像突然想到了什麼，開口問道：

「這裡是不是有鼴鼠啊？」

那女人似乎很訝異，這也是應該的。她隨即回答：「是啊，鼴鼠會破壞田地，讓我頭痛了好久。」

毬藻一臉開心地說「果然是這樣」。

這時有人提醒「該回去了，不然會來不及喔」——我們在冒險的氣氛之下確實走得有點遠——所以大家趕緊用小跑步返回原路。最麻煩的是，下一堂課的老師講話含糊又陰險是出了名的，所有學生都很怕他。後來我們雖然趕上了，但大家都喘得上氣不接下氣，而且只剩最前面有空位，真討厭。

這次讓我們明白了在停課時散步不能超過養豬小屋的距離。

哎呀，糟糕，我又寫了這麼多。今天太累了，我得早點睡。

就先聊到這裡啦，晚安。

草此

＋＋＋＋＋＋＋＋＋

晴香：

謝謝妳的來信！我一收到就立刻開始回信。聽到妳這個週末要來找我玩，我開心得不得了，我到時再帶妳到處逛逛，只要妳不嫌棄我是路痴就好了。不過妳只住一晚，去不了太遠的地方。

我這樣好像不太好……我到高中畢業為止都很依賴妳，本來還下定決心要趁這個機會學習獨立——在各方面都是——但是一聽到妳要來就高興成這個樣子，根本沒有成長多少嘛……畢竟才過了一個月，這也是沒辦法的事。

妳在信中寫道「幫我向妳的朋友毬藻問好喔」，妳有些誤會了，我和她不算朋友啦，我們只是因為同班所以見了面會打打招呼，如此而已。

我們之間還有一些很複雜的問題，毬藻和我上次提過的孔雀小姐是好朋友，而孔雀小姐和小兔簡直是水火不容。我真搞不懂，怎麼才開學一個月就搞成這樣。

我至今還沒完全搞懂她們不合的理由，只知道孔雀小姐說話冒犯了小兔，但小兔死都不告訴我她說了什麼話，大概是真的被戳中了痛處吧。

就算小兔和孔雀小姐不合，也不該影響到我和毬藻之間的關係……話雖如此，妳一定明白事情不會這麼簡單。女孩子真是麻煩。

妳常常說我「對喜歡的人和討厭的人都是一樣的態度」，也不知道這樣算是好還是不好，總之妳若是看到小兔和孔雀小姐，一定馬上就能看出她們有多麼討厭彼此。

如同喜歡一個人不需要理由，討厭一個人或許也沒有什麼道理吧。

而我又是什麼情況呢？連我自己都不太清楚。

好比說毬藻的事。

我對她敬而遠之是因為顧慮到小兔的心情，還是我自己不懂得要怎麼和她相處呢？

我想起了和她第一次見面的事。那是在車站的月臺上，我在這一側，她在另一側。那時才剛開學不久，所以還開著櫻花……

看到她的時候，我心想：「那個人在做什麼啊？」

一個和我同齡的女孩站在月臺邊緣拚命地伸長手臂。她站在沒有屋頂的地方，所以撐著水藍色雨傘，站得搖搖晃晃，非常不穩的樣子。

過了一會兒我才看懂，原來她是在抓櫻花。鐵路對面有一棵開著淡粉紅花朵的老樹，她一直試著抓住乘風飛來的花瓣。

失敗了好幾次之後，她終於成功抓住一片花瓣，但是這時颳起了風，她的水藍色雨傘大大地傾斜。

我忍不住叫了一聲：「危險！」

那真的很危險。她勉強站定了腳步，然後發現我在看她，就尷尬地笑了笑。

接著電車就進站了。

大概是隔天吧，我在某堂必修課中看見了她。「啊，是那個女孩。」

就只是這樣而已，沒什麼大不了的。

說到毬藻，上次大家一起出去散步時，她不是問了鼴鼠的事嗎？

我後來跑去問她，當時是不是看見了鼴鼠的地洞，她卻說她從來沒有看過鼴鼠的地洞，就算看見了也不知道那是鼴鼠挖的。

那她怎麼會知道有鼴鼠呢？

答案就是種在田地邊緣的花。

我不是說過田裡有紅色和黃色的花朵，漂亮得不像是會出現在那裡的植物嗎？

她就是認出了那些花。

聽說那是花貝母。

花瓣內側有白色的蜜腺，會分泌出甜甜的花蜜。這種花蜜在荷蘭有個很浪漫的名字，叫作「瑪莉的眼淚」。毬藻很遺憾地說，如果不是田地的主人在旁邊，她一定會去嘗嘗味道。

根據她的說法，那種花還有一個特徵，就是球根會發出特別的味道，住在地底的小動物，諸如鼴鼠和野鼠，都很討厭這種味道，絕對不會靠近它。

「那個女人說自己『為此頭痛了好久』，她用的是過去式，可見現在已經沒有鼴鼠了。這就是花貝母的威力啊。」

毬藻是這麼說的。

這個小插曲很有趣吧？是否具備某些知識，也會影響我們看待世界的方式呢。進了短大之後，我一直很享受學習。求知真是一件偉大的事，妳不覺得嗎？

先聊到這裡吧，我衷心期盼著週末的到來。

在那天之前請多保重。

草此

＋＋＋＋＋＋＋＋＋

晴香：

見到妳是很開心，但快樂的時光總是過得特別快……

我一定會失魂落魄一段時間吧。

為什麼妳會想去我們學校啊？我更想帶妳到處玩呢。不過妳也逛得很開心，那就好了。

妳才剛走，我就覺得很寂寞，立刻寫起了明信片。其實黃金週又能見面了嘛，我還真是黏人。啊，明信片寫滿了。再見囉。

草此

＋＋＋＋＋＋＋＋＋

晴香：

上一次真抱歉，我都沒有考慮到妳的心情。總之再道歉一次吧，我真是個長不大的孩子。

我們昨天去觀賞能樂，但我的心情還沒從連假之中恢復過來，所以很難進入狀況。話雖如此，其實都怪我自己沒有事先做好功課。這可是我有生以來第一次看傳統藝術表演，真該好好地準備才對……

對了，我都忘了告訴妳社團的事。其實我已經決定了，班上的女生問我「要不要加入射箭社啊」，我心想「好像很帥耶」，幾乎都要加入了（其實我當場就把名字簽下去了），卻在最後關頭臨時改成英打社。我大概一輩子都不會再走進射箭社的活動室，是個貨真價實的幽靈社員，虛幻的新進社員。我心底很過意不去，但是現在才跑去說「我還是不參加了」只是多此一舉。都是我太輕率了，忘記自己臂力很弱。這是我第幾次犯這種錯了？我的海馬迴真是沒用啊（我在書上看過，大腦之中負責記憶和本能的區域叫作海馬迴，之所以叫這個名字是因為斷面很像海馬的形狀。所以每個人的腦袋裡都養了小小的海馬喔，很有趣吧？）。

閒話就不提了。反正我就是這樣悄悄地改成了英打社。

一進入英打社，立刻拿到一本打字練習簿，感覺好實惠啊。我就是愛貪小便宜。

但我並不是歡欣踴躍地加入英打社，妳也知道我笨手笨腳的，上英打課時真的很痛苦，說白了就是吊車尾的狀態，若不另外找時間練習一定會跟不上。下次還要測驗打字速度，討厭死了。班上有個打字非常厲害的同學，叫作野坂，她很像外國連續劇裡的能幹祕書，打起字來跟機關槍沒兩樣。這當然是例外，因為她從高中時代就開始打字了，當然打得很快，和我那種涓滴打法截然不同。我好想跟她一樣啊，若能那樣打字一定很帥氣。

不過我的前途想必是多災多難。我的致命傷就是手指力道不夠，尤其是小指。還以為按到了按鍵，卻因為壓得不夠用力而打不出來，像是Q或P這些位於鍵盤邊緣的字母都很容易漏打，單字之中只有那裡空著，真的是少根筋。若是真的打算留空格，就該確實地按下空白鍵，這是理所當然的，但我又覺得空白鍵按起來特別沉重。一定是因為家人從小到大都沒讓我拿過比筷子更重的東西（才沒這回事）。現在我更覺得還好自己沒加入射箭社，否則一定會把大家氣死。

現代的女性已經不會把「嬌弱無力」當成賣點了吧？不過這種事本來就沒什麼好炫耀的。

對了，我入社之後才知道，毬藻也在那陣子加入了英打社，看來我們很有緣啊。前陣子有一次去社團練習，毬藻剛好坐在我旁邊，她打字打到一半就戳戳我，說著「妳看妳看」。我疑惑地望去，看見紙上印著一個單字：「space」。

（那又怎麼樣？）

我多半露出了這種表情。話說我好像也在「修辭學與習作」的作業裡寫過這句形容。

毬藻把紙張倒退一些，打出第二個單字。

紙上出現了「spade」。只是把c換成d，所以看起來差別不大。

「差一個字母就完全不一樣了，對吧？而且這兩個字母還是上下相鄰呢。」

毬藻笑嘻嘻地說道。她似乎很高興發現了這件事，還忍不住跟我分享。

space和spade。「宇宙」和撲克牌裡的劍（註13）。若說兩者有什麼共通點，大概是顏色吧，漆黑的宇宙和黑色的劍。

「妳就是一直想這些事情才沒辦法進步喔。」

聽我這麼說，毬藻又笑了。

世上有兩種人，一種會覺得這件事很有趣，另一種則不這麼認為。而我大概是

13　spade是義大利語的「劍」。這種花色一般稱為「黑桃」。

前者吧。

小晴，妳曾說過我和毬藻很像，我當時回答「才沒有」。說不定我們真的有點像吧，大概就像 space 和 spade 一樣（看起來還是不太像吧？）。

她又繼續說：

「空不是有天空和空白兩個意思嗎？在英語裡，space 除了太空以外也有空白和空間的意思呢。妳不覺得很有趣嗎？」

的確很有趣，下次的「修辭學與習作」就用這個當題目吧。聽我這麼說，她很開心地回答「就這麼辦吧」。

今天就先寫到這裡。保重喔。

草此

＋＋＋＋＋＋＋＋

晴香：

妳的報告寫得怎樣了？不用顧慮回信的事啦，我還不是想寫什麼就寫什麼，也沒在管會不會給妳添麻煩。

話說回來，大家好像都被無窮無盡的作業壓得喘不過氣呢。到底是誰說大學生成天都在玩的啊？或者四年制大學的情況和我們不一樣？

我依然像個被教練命令接一千次球的排球選手，不斷地把丟過來的課題寫完交出去。大家都在抱怨要寫的報告和課題太多，不過還是有人可以同時兼顧打工，真是令人肅然起敬，簡直就像二宮金次郎嘛。（註14）

前陣子我去了山下公園，那天要去縣立圖書館觀摩，所以不用上課。大家約好三點在櫻木町站集合，但我決定提早出門，順便去散散步，我早就想去那裡逛逛了。這一趟我已經摸熟了山下公園，以後還可以幫妳帶路喔。下次我們一起去吧。

那天下著濛濛細雨，天空灰撲撲的，但公園裡還是有很多遊客。這些人怎麼都

14　十九世紀的思想家，從小就非常勤奮向學，日本的許多學校都立有他的銅像。

這麼閒？週一白天就無所事事的……我也沒資格說人家就是了。這時正是玫瑰花開的季節，非常漂亮喔。海上漂著船隻，也漂著垃圾。還有，我也看到了有名的「紅鞋女孩」雕像。公園的長椅上坐的不是卿卿我我的情侶，就是全身灰灰暗暗的大叔，說到這個，以前新聞報導過國中生攻擊躺在公園椅上的大叔的案件，就是發生在這裡（真可怕）。我憧憬的場所竟然成了暴力事件的舞臺，真叫人難過。

比較遺憾的是，橫濱港的海就算客套也說不上漂亮，海風也不怎麼清新，聞起來反而有一種黏膩而沉鬱的感覺。從觀港山丘公園看到的海明明那麼漂亮呢。隨著波浪起伏的是公園商店賣的小吃的容器，我還看到有人毫不客氣地把抽完的菸蒂丟進海裡，看得我好火大。《星新一 Short Short》（註15）裡有一個故事，某天突然出現了一個神祕的洞穴，每個人都把自己家的垃圾拿來丟，結果那些垃圾又從天空掉了下來。如果垃圾都會回到亂丟的那人身上不是很好嗎？就像貓或狗被丟掉還是會自己跑回來一樣。

我好像扯得太遠了。

走了一陣子，就看到幾艘船停在岸邊，那是港內觀光船「紅鞋號」和「海鷗號」。我既沒有搭船的時間，也沒有閒錢，所以還是繼續走，到了公園另一頭又走

15　NHK的文藝節目，內容是給成年人看的寓言故事。

回來。雖然我覺得循原路回去有點無趣，但是以我的資質來看，走其他路徑一定會迷路。我能走到這裡只是行經關內站時稍微看了一下地圖，之後都是靠著潮水的味道來辨別方向（簡直跟狗一樣），但我可沒有把握能靠著嗅覺找到車站。

仔細想想，山下公園的另一頭離石川町站更近，從那裡搭車回櫻木町站就不用自己走路了。

實際走過一趟，我覺得其實也還好，像我這樣青春洋溢的女孩走個一站的距離當然不成問題，或許也是因為走在公園裡吧。我心想「麻煩死了，還是走回櫻木町吧」。反正我還有很多時間，而且車票也不便宜。到達櫻木町時還真有些虛脫，肚子也餓扁了，所以我在站前百貨公司的地下街找到了一間賣茶泡飯的餐廳。

那間店的茶泡飯非常好吃，一大碗的白飯，上面灑滿鱈魚子和海苔，再倒入滾燙的茶水……寫出來一看好像也沒什麼了不起的，為什麼我會覺得那麼好吃呢？光是回想就快要流口水了。

或許是因為「飢餓是最好的調味料」吧，看店裡有不少年輕人，那裡該不會是行家才知道的名店吧？真想知道答案，下次我們一起去山下公園時再去那間店吃鱈魚子茶泡飯吧。順帶一提，他們也有賣飯糰喔，大概有二十多種，價格從八十圓至一百二十圓不等。茶泡飯有四種，從三百圓起跳，最便宜的就是鱈魚子。價格很合理吧？比同樣價格的速食好太多了。

最後到了重頭戲——縣立圖書館，我在那裡滿腦子想的都是「這種地方真不適合一大群人一起來」。這是理所當然的，看到有興趣的書不能拿起來讀，也沒看到圖書分類卡……真不像是想當圖書館員的人會有的想法。

老實說，雖然我喜歡圖書館，但圖書館學真的很無聊。在選課的時候，清單上有不少課程名稱看不出是什麼名堂，我大概從那個時候就開始厭膩了吧。「圖書館資料論」和「資訊管理」多少還想像得出是怎麼回事，但是「參考業務論」根本看不懂是什麼東西，至於「參考業務論與實務」就更莫名其妙了。

我對參考諮詢服務多少有一些概念，但實務的部分就差多了，還沒做就覺得很麻煩（媽媽聽到我說這種話一定會罵人）。

舉例來說，圖書館的使用者之中究竟有多少人會請圖書館員幫忙查詢「柴田勝家是幾歲的時候死的」？是我的話才不會為這種事去麻煩別人咧，想知道什麼就自己去查啊……我的想法就是這麼直接。

即使幸運地找到了這個問題的答案，還是會被打叉，因為勝家的出生年代有兩種說法，所以要寫出兩種年齡，並且各自引經據典，才算是正確答案。

這種事情根本不重要好不好！

會這樣想的人一定沒辦法成為認真優秀的圖書館員吧。我和圖書館之間最好的關係，就是只當一個借書的客人。

結果這趟觀摩之旅最讓我震撼的就是火災發生時的滅火系統。如果探測到有火災，系統就會放下防火閘門，然後鋼瓶會放出二氧化碳之類的不可燃氣體灌滿書庫，藉以控制火勢。這樣雖然可以保住書本，但人就沒救了。當然，在閘門放下之前會有充裕的撤離時間，也會響起警鈴聲，不過火災若是地震引起的，或許會被倒下的書櫃擋住出路……我光是想像就覺得很恐怖。是被火燒死比較好呢，還是窒息而死比較好？應該是窒息吧。但是妳想像一下那種情況：想逃卻逃不掉，只能無助地聽著廣播大聲宣布「現在發生了火災，三分鐘之後將會放下防火閘門，灌滿二氧化碳，請所有人員儘快撤離……」。那一定是最恐怖的三分鐘。

今天就聊到這裡吧。掰啦。

草此

＋＋＋＋＋＋＋＋

晴香：

唔……好想睡。天還沒亮我就醒了，因為一直在作惡夢。我上次不是寫到圖書館發生火災時會噴出二氧化碳來滅火嗎？結果今天真的夢到了啦。我夢見自己被困在火場，拚命地想辦法逃出去。縣立圖書館的館員說過，考慮到可能有人被關在裡面的情況，這個系統有個地方可以用手動方式打開閘門（我那時分心了，沒聽清楚），但我當時非常驚慌，而且那是在夢裡，所以完全忘了這件事。

妳作過逃命的夢嗎？我經常夢到喔，像是被我最愛的書本活埋之類的。從某個角度來看，這種死法或許很幸福，但是在我的潛意識裡應該還是會抗拒吧……不對，連清醒的意識也會抗拒。

但願妳不會夢見被信件活埋。

啊，現在可不是聊這些話題的時候。

感謝妳送我親手做的瑪德蓮蛋糕，我配著一併寄來的紅茶享用了這些美味的蛋糕。瑪德蓮蛋糕就是得配紅茶啊。妳寄了那麼多蛋糕，我還考慮過帶去學校和朋友分享，但是那麼好吃的蛋糕要分給別人還真捨不得，所以終究打消了念頭（我真是小氣鬼）。這種蛋糕可以放很久，我要留著自己慢慢享用。啊，也可以分一些給隔壁的多香子姊姊啦。我上次跟妳說過吧？她也喜歡做甜點，不久之前還送我們她自己做的生起司蛋糕。她讀家政科，個性溫柔賢慧，長得又漂亮，妳一定可以理解我想要叫她「姊姊大人」的心情吧（話先說在前頭，我可沒有真的這樣叫過她喔）。我的身邊有這麼多製作甜點的高手，真是太幸福了。如果妳希望的話，我也可以叫妳晴香大人，就算要我當面叫也沒問題。

這事就不提了。話說人不管到了幾歲，收到吃的東西還是很開心呢。謝謝妳帶給我的美味和快樂。

我剛剛讀完了《罪與罰》。妳也知道，我從國中到高中都很迷杜思妥也夫斯基，《罪與罰》當然早就讀過了，但是上週的「日本文藝思潮」出了一份作業，要我們寫一千兩百字以內的讀後感，所以我又重看了一次。為了寫感想而看書真的很無趣，我從小時候就這麼覺得了。雖然我很擅長寫讀書心得，但是一點都不喜歡。對了，「修辭學與習作」預定要去東北進行研修旅行，但是老師事先宣布這次旅行要寫遊記，害我對旅行的期待都降低了。

好啦，該寫些什麼呢？這次讀完還是覺得沉重到胸口發疼，我對每個角色都沒有認同感，說得更直接一點，我討厭拉斯柯尼科夫，也討厭索妮雅，但看到最後又會覺得很羨慕這兩人，究竟是怎麼搞的？

總共有兩學期的「戲劇論」每次上課都可以看影片，這是滿不錯的，不過每個學期都要觀賞一齣戲劇，還得交報告。我從來沒去劇場看過戲劇耶，怎麼辦？這份報告想必得花很多錢……

我們前陣子在課堂上看了布萊希特的《高加索灰闌記》，雖然看不太懂，但劇情很有意思。一開始是集體農場的農民們聚在一起說話，接著赫然展開了劇中劇：有一位奢侈又暴虐的領主遭到軍隊的反叛，城裡亂成一片。在危急之中，城堡的洗衣女僕格魯雪接受了士兵西蒙的趁亂求婚。高傲的領主夫人看見丈夫被砍了頭，驚慌地要僕人收拾衣物，丟下親生兒子米歇爾自己逃走了。格魯雪看到領主的首級被掛在城門上，「禁不起善心的誘惑」（這是什麼意思？），於是帶著從出生就受盡百般呵護的嬰兒米歇爾逃離這個是非之地。格魯雪為了不讓人發現米歇爾是被推翻的領主的孩子，都跟人說那是她的孩子。單身弱女子帶著嬰兒，一路上當然走得困難重重，她好不容易才到了哥哥的家，但是那個時代的俄國非常保守，未婚生子會讓整個家族蒙羞，所以她在嫂嫂的冷言冷語之中和米歇爾度過了一個冬天（她的哥哥很懦弱，從來不敢反駁妻子）。春天快要來臨時，哥哥開始逼格魯雪結婚，如果可以為她聲稱是自己孩子的米歇爾找個形式上的父親，妻子就不會再抱怨了。而他給格魯雪安排的結婚對象竟是一個不久人世的瀕死病人，也就是說，格魯雪一結婚就得當寡婦。

格魯雪起初不肯答應，但她帶著嬰兒寄人籬下，最後還是只能點頭，乖乖地前往對方家中，哥哥早就用錢打點好一切了。

新郎躺在床上一動也不動，婆婆提議乾脆把婚禮和葬禮一起辦了，這樣比較省事，還可以節省開銷（這是哪門子的母親啊？）。

賓客紛紛湧進來拿葬禮饅頭（有這種東西？），嘴上還不客氣地說「本來以為那個男人是為了逃避兵役才裝病，沒想到是真的病了」，可見這位新郎平時做人一定很失敗。

就在此時，戰爭結束的消息傳來，格魯雪非常高興，心想「西蒙就要回來了！」，還有另一個人為這個消息喜出望外，那就是瀕死的新郎，他突然坐起來，把客人都嚇跑了。起死回生的新郎說：

「我再也不用擔心會被抓去當兵了。」

唉，這真是命運的惡作劇啊。男友西蒙回來了，而格魯雪卻已經嫁作人婦（而且還有了孩子）。她不知該如何是好，只能緊緊地抱著米歇爾……

第一幕到此結束。格魯雪的命運將會如何呢？

我看戲的時候一直在想，每個人一定都有個「適合的位置」吧，那是正確的歸宿，能讓人過得幸福快樂的地方。如果一直待在「錯誤的位置」……那鐵定是一場悲劇。

好啦，我該回去寫《罪與罰》的感想了……真是的，寫信我就可以寫這麼多，寫報告才寫了三、四頁，我就一副生不如死的樣子，到底是為什麼呢？最奇怪的是，「日本文藝思潮」為什麼要看俄國作家的作品？我不能接受啊！先聊到這裡吧，保重喔，真希望能見面。

草此

p.s. 學校的朋友說她上週六在車站看到我，還向我打招呼，我卻沒有理她。可是我根本沒去那裡啊，真奇怪。

＋＋＋＋＋＋＋＋

晴香：

才跟妳分開幾個小時我就開始寫信，感覺好像怪怪的……算了，反正今天沒有作業，而且我興奮到完全睡不著。

妳竟然會突然跑來找我，真是讓我又驚又喜。我這裡隨時都歡迎妳喔。

沒想到妳會和媽媽吵架呢，我覺得好意外，因為妳一直都是個乖孩子、好學生。但是哪有人離家出走之前會先交代目的地和回家時間啊？而且妳還是先上完課才來找我，這種離家出走未免太周到了。媽媽怎麼說呢？就算妳是住在我這裡，她還是會擔心吧？

是說妳的叛逆期來得真晚。如妳所知，我從小學時代就跟媽媽鬧翻天了。從父母的角度來看，一定覺得像妳這樣順從的女兒比較可愛，如果要我選擇的話，我也希望自己的女兒像妳一樣，而不是像我一樣。我也覺得自己很狡猾，因為我一旦換到女兒的立場，就會變得一點都不聽話。真是傷腦筋。

能見到妳真的很開心，我有好多話還沒跟妳說……也不盡然啦，畢竟我在信中都說那麼多了，但我們還是聊了好多事。妳走了以後，我坐在桌前寫信，還是能寫得洋洋灑灑，真是太奇怪了。或許面對面能聊的話題和信中能聊的話題不太一樣吧。

譬如上次在信裡提到的那些事，當妳真的出現在我面前，我卻完全沒有提到。跟妳說喔，我們班上有個叫作工藤的女生，她為了迎接即將來臨的夏天超拚命的，又是減肥又是做有氧運動。我得先說清楚，她可是一點都不胖喔。她覺得現在該買泳裝了，還特地跑去橫濱。我覺得去藤澤市就有很多泳裝可以買了，她卻認為橫濱賣的泳裝高級多了，而且把新泳裝掛在房裡還能增加減肥的動力，這是一石二鳥之計。我聽到價格時嚇了一大跳，那比超市賣的泳裝貴了三、四倍耶。在旁邊的小兔聽見了，只是輕輕地點著頭說「價格很合理啊」，或許是我的金錢觀念太庶民了。我很想說「泳裝去超市買就好了嘛……」，又覺得說出來一定會遭到鄙視。即使如此，我也不能效法她，我可沒有那麼多零用錢。工藤沒有修圖書館員課程或教育學程，所以可以去速食店打工，而小兔和我一樣光是應付繁重的作業就忙不過來了，不可能還有時間去打工，但她身上穿戴的東西看起來都很昂貴。唔……可見她家一定很有錢。

啊，話題又扯遠了。總之工藤去買泳裝回來時，在藤澤站看見了我。她說她叫我的時候，我確實有抬頭看她，卻沒有半點反應，讓她很不高興。

還好工藤是個單純沒心機的女孩，否則這個誤會就解不開了。

因為我那天根本沒去車站啊。週六沒有課，所以我只去了附近的圖書館，之後又到超市買東西，度過了一個平凡枯燥的假日。工藤聽了我的解釋似乎很詫異，但她還是接受了。

真是一件怪事，對吧？

如果妳知道這樁「雙胞案」是怎麼回事，麻煩告訴我。

呃，我又扯遠了。本來是要寫什麼呢……

喔喔，對了，如果妳晚兩天才來，就會碰上我的研修旅行耶。妳也真是的，不先說一聲就跑來，如果我不在，妳該怎麼辦啊？妳平時明明很謹慎，卻會不時地做出這種莽撞的行為。

說到這個，我還沒提過旅行的事吧。

從明天二十九日開始，總共三天兩夜。是說為什麼要搭遊覽車去東北呢？第一天的行程是走首都高速道路，經過赤羽，從浦和交流道下到東北自動車道，中午在那須高原用餐，然後去一關參觀中尊寺（這是從旅行手冊直接抄下來的）。到時一定會坐到屁股發痛。早上八點在新宿集合，但我打算帶便當，所以五點半就得起床。我只要碰到遠足的日子都會特別早起，所以我一點都不擔心起不來。這次的行程會在岩手縣的平泉和花卷各住一晚。

除了中尊寺之外，我們還會去參觀毛越寺、宮澤賢治紀念館、高村光太郎紀念館。我早就想去東北看看了，所以現在非常地期待。

啊？妳說我們高中畢業旅行就去過八幡平了？是沒錯啦，但我們從頭到尾都待在滑雪場，要說「去過東北」，也沒真正逛到什麼。

提到畢業旅行，我就想起了悲傷的回憶。我好難過啊，小晴。

等我回來以後再向妳報告旅行的情況吧，如果有時間的話，我會在當地寄明信片給妳的。

先聊到這裡啦，明天要早起，我得去睡了。千萬不能睡過頭啊。

草此

＋＋＋＋＋＋＋＋＋

晴香：

呀嗬！我現在正在平泉。我今天早上五點起床（沒睡過頭），做了便當（真了不起），從新宿搭遊覽車將近八小時，好不容易才到達了目的地。我們已經參觀過中尊寺，但我還感受不到自己真的來到了東北。小晴，我正在陸奧唷～

草此

＋＋＋＋＋＋＋＋＋

晴香：

我已經去了，從Tokeu到Ihatov！（註16）啊啊，我遙遠的心之故鄉Ihatov，清風吹拂、光彩滿溢的烏托邦……我是不是太興奮了？

我真的深深地迷上了賢治老師，這是為什麼呢？我又不是現在才認識他……沒想到我在重逢時才發現自己真正的心意啊……這就是戀愛吧？還是其他理由呢？啊啊，我搞不懂啦。

妳一定搞不懂我在激動什麼吧。是說岩手縣真的很美耶，也是因為正當時節吧，這裡溪水清澈、綠意盎然、處處鳥語花香。

因為「這裡是夢幻的園地，就連罪孽和哀傷都會被洗滌一空，充滿了田園的清風和光輝。這裡就是銀河空間、四次元宇宙的中心」嘛！

16 Ihatov是宮澤賢治自創的詞彙，代表他心目中的理想鄉。

順帶一提，這段話是從宮澤賢治紀念館的入館手冊直接抄來的。

我們去畢業旅行時，不是到處都覆蓋著大雪嗎？我看到道路兩旁的積雪高到幾乎能埋起遊覽車時，真的非常驚訝。雖說當時是下了一場破紀錄的大雪，但我真不覺得這是同一個地方（確實不是同一個地方啦，但至少都在岩手縣）。

賢治老師取的地名很帥喔，岩手（Iwate）改成「Ihatov」，東京（Tokyo）改成「Tokeu」。除此之外，盛岡（Morioka）變成「Morio」，花卷（Hanamaki）變成「Hanamukya」，仙台（Sendai）變成「Sendad」，鹽釜（Siogama）變成「Siomo」。這好像是世界語的發音，不過尾音有時改變，有時整個刪除，真是讓人摸不透規則，而且他在其他作品又把東京改成「Tokeeo」或「Tokei」，未免太隨興了點。根據盛岡的例子，妳所在的靜岡（Sizuoka）應該要叫「Sizuo」吧？說到這個，我前陣子還在學校裡清楚地看見富士山呢。

第一天早上八點半從新宿出發，直到下午四點半到達中尊寺，我們都在遊覽車上，總共搭了八小時的車，我剛下車時還搖搖晃晃的，彷彿踩在雲霧上。而且我運氣不好坐到簡陋的輔助座椅，簡直去了半條命，所幸最後毬藻看不下去跑來跟我換了座位。她真是個體貼的好女孩。我後面那些知名的「恐怖的中國殺戮文學」專題小組的成員還在用美妙的聲音合唱著「日本民間故事」和「等你喔」。不愧是平日飽受淩虐的人，在這種逆境之中還能處變不驚。不過她們唱著唱著卻變成了懷舊卡通歌集錦，其他同學不是一臉受不了就是捧腹大笑。

中尊寺是個美麗的景點，雖然櫻花都快掉光了，但現在還有櫻花真是令人意外，彷彿進行了時空跳躍。花卷也是到處開滿了鬱金香，讓我深深體認到日本果然是個南北狹長的國家。我還把中尊寺的紅葉夾在信中寄給妳喔，很體貼吧？（這是直接從樹上摘下來的。）不管怎麼說，這裡可是義經和松尾芭蕉到過的地方呢，真是太幸福了。

最棒的還是宮澤賢治紀念館，我們所有人都這麼認為，真的令人很感動耶。入口處有一面浮雕牆，上面的圖案是一隻鳥散發著光芒一飛衝天，只要是賢治的粉絲都能一眼看出這是他的短篇小說〈夜鷹之星〉。館內還收藏了無比珍貴的〈不畏風雨〉、〈永別之晨〉、〈風之又三郎〉手稿。我們雖然不才，畢竟是讀文學的人，所以大家都貼在玻璃罩上飢渴地看著手稿上的修改痕跡。

小晴，妳看過宮澤賢治的畫嗎？我非常喜歡喔，最棒的就是「月夜的電線桿」。看著在盈凸的月下「有著三根橫木、掛著大紅肩章的軍隊」，我好像真的聽見了行軍的聲音「踢躂躂踢躂躂、踢躂躂」。

園區中央有個類似小型天文館的建築物，鑽進去一看，原來是《銀河鐵道》的世界，各種星座在牆上閃閃發亮，此外還有能播放宮澤賢治歌曲的機器，以及童話的幻燈秀。因為時間有限，我只看了〈山梨〉，就是「咕啦姆蹦笑了耶，咕啦姆蹦笑得咔噗咔噗的」的那個故事。我上次看到這個故事是在小學課本裡，好懷念啊。旁邊播放的是《古斯柯布多力傳記》（註17）。我真想一整天都泡在這裡，可惜團體行動有時間限制，被老師催趕之下只能走馬看花。

宮澤賢治遺留下來的物品不多（大多都在昭和二十年八月十日的花卷空襲時消失了。好可惜啊……），但是在少數的收藏品之中還包括大提琴、顯微鏡和留聲機，真是太感人了。

妳知道嗎？他生前發表過的作品只是九牛一毛，未發表的原稿還有一大堆，有些看得出來是某些知名作品的前身，有些根本沒寫完，只寫到一半就丟著了。其中最具代表性的就是《銀河鐵道之夜》，這份手稿改了又改，推敲的軌跡紊亂得簡直讓人看不懂。在雙子星的那段，字句之間還夾雜著一大堆不明所以的計算公式和清單（附加說明，這裡說的雙子星指的不是雙子座喔）。

宮澤賢治所有的童話故事之中，最出名的傑作就是《銀河鐵道之夜》，它那未完成的風格也是出了名的，原稿上隨處可見幾個字或幾行句子的空白，就連結尾都有好幾個不同的版本。妳知道這件事嗎？我還是第一次聽說呢，真是意外。

所幸這一大堆原稿在宮澤賢治死後並沒有被埋沒，而是被妥善地整理和保存下

17 改編動畫電影《卜多力的一生》。

來。能看到天才的思考脈絡真是令人感動，不過我猜他本人應該很不高興吧，因為他一定只想把自己滿意的最終版本公諸於世。他恐怕想都沒想過自己隨手寫下的草稿和筆記會被別人看見。

總覺得對宮澤賢治有些抱歉（話雖如此，我還是看得很開心）。展覽品之中還包括一些信件和明信片，讓我看得更加不安。信件本來是只會被收件人看到的，若是被家人看到就沒辦法了，尤其是寫給兄弟姊妹的信，說不定在寫的時候長輩就站在旁邊看，所以寫信的時候應該會有心理準備，如果是寫給已婚的人，也很有可能被對方的配偶看到。

可是，如果看到這些私人信件的是毫無瓜葛的人——而且還是絡繹不絕的觀光客——就太超過了，他知道了一定會很生氣、很羞恥吧。

紀念品店還有在賣圖畫明信片和手稿複製品，我真的好想要，可是依依不捨地看了很久之後，還是敗給了定價，最後只買了明信片。

啊，對了，我也幫妳買了土產喔。紀念館裡好像沒有妳會喜歡的東西，不過我在旅館的土產店看到了用南部鐵製作的紙鎮，是一隻睡覺的貓咪，非常可愛喔。下次見面再拿給妳。

先聊到這裡啦，我現在好睏，該去睡了。改天再來寫東北旅行PART2。

對了，我碰到一件很奇怪的事喔，不過下次再聊吧。

草此

＋＋＋＋＋＋＋＋

晴香：

我正為了「修辭學與習作」的作業頭痛不已，就是之前提過的遊記。旅行回來後的第一堂課，水野老師掛著清新的笑容問我們「各位同學，這趟玩得愉快嗎？」，貓小姐回答「不用寫遊記的話會更愉快」，全班同學都在點頭附和。

上次說過要寫PART2，我就照著預告來寫吧。

造訪文學勝地——愛與感動的紀錄片

為了初次收看的觀眾，先來個前情提要。

徜徉於「文學之森」——文藝科——的兩百二十三名少女心中對文學都充滿了

熾烈的愛火，去年五月底，她們造訪了文人最嚮往的岩手縣，所獲得的感動令她們不禁大喊「真想在這裡終其一生啊！」。

鏘鏘鏘鏘（背景音效）。

哎唷，真蠢。還是別玩了。

上次聊到的全是宮澤賢治，這次就寫寫別的吧。中尊寺我之前已經提過，就不多說了，來聊聊毛越寺吧。這裡保存下來的建築物不多，只有本堂、開山堂、常行堂，其餘地方都豎著「此處為某某遺跡」的牌子，只能看見地基的石塊。我還爬到一個石塊上，附庸風雅地說「我正走在歷史上喔」。

寶物館的簷廊下放著兩艘木製的船，讓人印象非常深刻，船頭飾有巨大的龍頭雕刻，而且這條龍長相滑稽，十分可愛。

寺中有一個叫作大泉的池子，看起來很淺，規模也不大，不過船那麼大，好像很重的樣子，真的有辦法浮在池中嗎？我不禁懷疑。說不定池子不像看起來的那麼淺，又或許是以前的水比較深……

我在簷廊下細細觀察，但是有這種疑惑的似乎只有我一個，當我詢問大家的意見時，每人都露出莫名其妙的表情，只有毬藻回答「或許那些船是要用在祈雨之類的儀式吧」。這麼一說，我也覺得龍頭的雕刻很有祭典的氣氛。

我後來看到小兔拿的導覽手冊裡有一張船浮在大泉池裡的照片。或許我覺得「這麼重的船不可能浮在池中」根本就是錯誤的想法。

毛越寺就談到這裡吧，接下來是羅須地人協會，也就是宮澤賢治指導農村青年時居住的兩層樓建築。門內放著一塊小黑板，上面寫著「我在外面的田裡　賢治」。能在這裡看到宮澤賢治的筆跡真叫人感動，後來發現這只是員工模仿他的字跡寫的，讓我好失望。仔細想想也沒錯啦，宮澤賢治一九三三年就過世了，用粉筆寫的字根本不可能留這麼久。聽說這塊黑板實際上是當成傳言板在使用的。

一樓大廳裡掛著「不畏風雨」的掛軸，還有幾幅其他的詩，大家都拿起相機一一地拍了下來。最裡面有一扇門，我們好奇地想著「那是什麼呢」，打開一看發現「喔，原來是廁所」。有人連這裡都拍了照，我心想「拍這種地方做什麼啊？」，但我多少可以了解她們的心情。

參觀了這些地方之後，我發現宮澤賢治在岩手縣非常受歡迎，但石川啄木簡直是被視為無物，雖說這裡還是有他的歌碑（沒列入參觀行程就是了）。導遊告訴我們，啄木在岩手縣的支持度很低。想想也對啦，畢竟一個是和農民同甘共苦、把一生都奉獻給農民的人，另一個則是「眾人盡投石，揮淚離鄉里」的人。我的個性和啄木比較像，自然對他感到同情。

高村光太郎紀念館和宮澤賢治紀念館比起來殘破多了，《智惠子抄之後》提過的「三張榻榻米大的地方就足以度日」的山中小屋雖然還在，但少女們的感想非常冷淡：「這位大叔就是在這個骯髒的地方寂寞淒涼地過日子啊。」覆屋（註18）顯然欠缺維修照顧，髒兮兮的玻璃上還爬滿了白蟻，智惠子的兩幅拼布畫和光太郎的素描也沒什麼看頭，所以我們很快就離開了。附近還有一個「智惠子抄泉」，去了一看才發現只是個小水窪。

後來我獨自一人去參觀不在行程中的花卷市歷史民俗資料館，入館費一百圓。這裡展示著花卷人偶、鹿舞穿的服裝、古代的農具，比高村光太郎紀念館有趣多了，可是……

發生了大慘案啊！

我搞錯集合時間，結果被大家丟下了。既然都是要被丟下，我還寧願被丟在宮澤賢治紀念館咧！

雖說我是如此文靜內向又低調（？），把我丟下也太過分了。才旅行到第二天，上車後的點名就開始亂點了……

不過這確實是我的疏忽，在團體活動時真不該自己到處亂跑。

詳情我就不交代了（因為很丟臉），但我至少可以自信地說一句：

18　為了保護山莊而蓋在其外的建築物。

岩手縣的人真是熱情又親切呢。

我在花卷的旅館和大家會合之後，毬藻笑咪咪地對我說「這麼一來妳鐵定寫得出驚心動魄的遊記」。唔……我想她應該沒有惡意啦。

身逝終無悔

魂留陸奧國

開玩笑的。

不管怎麼說，這趟還是玩得很盡興（就算發生了這種事）。真想再去一次。就先聊到這裡吧，掰啦。

草此

＋＋＋＋＋＋＋＋＋

晴香：

不久之前發生了一件事，我結束旅行回家時，碰到了正要出門的多香子姊姊，她一臉驚訝地說：

「怎麼拿著行李？妳才剛回來嗎？」

我問了之後才知道，在前一天的同一個時間，她也看見了我拿著很大的行李。

不可能吧？當時我正被丟在花卷呢。

我說我真的是今天才回來，她疑惑地歪著頭說「太奇怪了」。

這真是一件怪事，對吧？

其實後來還發生了另一件怪事。

我上次不是說過有個同學叫工藤嗎？昨天她突然問我：

「妳中午為什麼跑回家？」

我又聽得一頭霧水。

因為我昨天的課表塞得滿滿的，從第一節次到第四節次都有課。

工藤上午的課停課了，所以她中午才來學校。她說見到了我，但我卻沒有理她——她說這話時又是一副不高興的表情。

事情越來越奇怪了。

妳怎麼想呢？

後來我們還是解開誤會了，因為有很多人可以證明我一直在學校上課。

工藤和上次一樣，又歪著腦袋說「真奇怪」。

毬藻說這個叫作「分身靈」（註19），是另外一個自己，和自己長得一模一樣。這個女孩老是說些令人摸不著頭腦的話。

不是說世上會有三個長得一樣的人嗎？如果這三個人聚在一起，畫面一定很詭異。這些人可以上同一所學校，每天由不同的人負責出席，這樣點名或交報告都輕鬆多了。啊，不行，大家一定都想搶星期日，而且一定沒人要負責星期一，因為星期一的課都有很多作業。

說到作業，今天輪到我站起來朗誦上次寫的遊記。我近乎自暴自棄地把自己被丟下的那件事寫成一篇幽默的文章，大家都聽得哈哈大笑，連水野老師也笑著說「那真是不妙啊」。可是毬藻沒有笑，還悄悄地靠過來說了一句「對不起，我不該

19 doppelgänger，德國傳說中的活人靈體。

那樣說的」。

「那樣說」指的應該是「寫得出驚心動魄的遊記」吧。我可是依照她的期待寫出了驚心動魄又搞笑的遊記呢……

真是搞不懂她。害我都不知道該怎麼回應。

她誠懇的道歉搞得我很尷尬，只好假裝聽不懂她在講什麼，而她也沒再說什麼。

對了，毬藻的遊記也很精彩喔，雖然不是像我一樣地搞笑。

那根本不能說是遊記，從頭到尾講的都是跟《銀河鐵道之夜》有關的回憶。

她說自己小時候不知為何很討厭一位鄰居阿姨。那位阿姨和丈夫及讀高中的兒子住在一起，她很喜歡小孩，每次見到毬藻都會拉著她說話，說得不客氣一點，毬藻一直覺得她很煩。有一次這位阿姨送她自己做的牛軋糖，結果她全都丟掉了，她說自己到現在還是很討厭牛軋糖，因為很黏牙。可是無論再怎麼討厭，她在那之前從來不曾丟掉過人家送的東西，在那之後也沒有。

那位阿姨總是笑咪咪的，明明很溫柔又很親切，她到底為什麼討厭人家呢？想了很久之後，她只想到了一個理由。

有一次她在讀從圖書館借回來的書，那位阿姨正好為了某事來到她家，看了看她手中的書，就說：

「妳在看書啊，真是個聰明的孩子。喔，阿姨也看過那本書喔，最後他的朋友在河裡淹死了對吧？」

當時她才剛開始讀這本《銀河鐵道之夜》，聽到別人洩漏結局當然很生氣。但她沒有懷恨在心，反而一下子就把這件事忘了。

可是她的心底還是一直殘留著某種很不舒服的情緒。她丟掉牛軋糖的理由除了黏牙之外，可能也是無意識的小小報復吧。

接下來她才談到旅行的事，講的當然是宮澤賢治紀念館。

我上次也提過，宮澤賢治有很多原稿沒有發表，所以某些原稿還留著空白的部分，其中最嚴重的就是《銀河鐵道之夜》，我們在紀念館發現此事時非常地驚訝。

喬凡尼搭上銀河鐵道之前的原稿刪除了五張，後來又在接近結尾的地方加了五張。

宮澤賢治無數次地修改了《銀河鐵道之夜》，接近開頭處有五張左右的空白，之後又用其他的稿紙增加了五張。或許有人覺得一加一減等於是打平了，會這樣想也很合理，畢竟能反駁這點的作者已經過世，而且就算把後來補上的原稿放進空白的部分，也不會影響故事的流暢度。順帶一提，因為故事的最後一幕有好幾個不同的版本，所以這故事確實有寫完。

毬藻得知了這件事，又開始回想小時候發生的事……妳明白了嗎？那位可憐的阿姨並不是故意洩漏孩子還沒看到的結局。

從年齡來判斷，阿姨看的很有可能是昭和三十一年筑摩書房出版的《宮澤賢治全集》，而關鍵劇情經過大幅修改的則是昭和四十四年完結的另一版《宮澤賢治全集》的第十集。

雖然都是叫作《銀河鐵道之夜》，但兩人看的是不同的故事，就像同卵雙胞胎，雖然外表相似，其實是完全不一樣的人。

毬藻說，因為那位阿姨很喜歡小孩，所以她一定更寂寞，因為她那讀高中的兒子幾乎都不跟她說話了（毬藻也有弟弟所以很能理解），而丈夫也是成天忙著工作。

至此她才意識到自己丟掉牛軋糖的行為是多麼地過分。

想想還真悲傷，不只是那位阿姨，還有《銀河鐵道之夜》的五張原稿。沒有待在正確的位置，鐵定是非常不幸的事。

寫故事真是不可思議呢。留著空白，之後再補上，把寫好的文章劃線刪除，捨棄幾張原稿，構思多種情節，再去蕪存菁，編排出一幕又一幕，斟酌取捨……

在看書的時候，我都覺得作者的腦袋就像一個渾沌的宇宙，在稿子完成之前，要填補多少空白，要篩選多少用詞呢？一想到這些事，我就有些頭暈。

我有想過，現在的自己就像沒被選上的情節。

最近我經常在想，我現在為什麼會在這裡？覺得自己好像待錯了地方。
妳是不是也有同樣的想法呢？
或許是我想太多吧。
又寫得太長了。就先寫到這裡啦。再會。

草此

＋＋＋＋＋＋＋＋

晴香：

小晴，妳好嗎？手續辦得還順利嗎？
我最近險些感冒，但還是勉強撐住了，現在可沒有時間讓我感冒。期中考就快到了，有幾堂課不用考試，但還是得交報告，所以每天都過得很辛苦。其實我到現在還沒寫完報告……唉。小晴，真希望妳可以來代替我。

今天已經是七月了。有一個大型颱風正在接近，所以今天一整天都停課，不過颱風好像在我睡覺時離開了，早上天氣十分晴朗。

我已經聽多香子姊姊說過停課的事，但我還是乖乖地一大早就去學校交報告，因為今天就是最後期限，結果到了學校才發現期限延後了一天。嘖。

倒不是為了排解這份鬱悶，總之我心血來潮去了鎌倉。我早就想去那裡看看了。哎呀，走了好遠的路。我心想難得有這機會，乾脆也去看看海吧，所以先去了由比海濱，卻發現那裡擠滿了泳客。我的腦袋一直塞滿了考試和報告，都忘記現在已經是夏天了。那時的風浪還很大，所以很少人敢下海游泳，只能像被沖上岸的鮪魚一樣做做日光浴。遊客之間出現了幾個抱著木材的大叔，看起來非常突兀，我觀察了一陣子，才發現他們在蓋海濱小屋。我悠哉地想著「對耶，已經開放游泳了」，但我接著想起今天早上的報紙提到江之島和鎌倉的濱海小屋全被颱風颳壞了，接受採訪的人說：「海水淹到腰部，我眼睜睜地看著小艇和長椅被沖走，但我只顧得了自己逃跑。」所以他們現在才要急著重建，真辛苦呢……。

接著走到長谷，我看到了大佛。這裡非常熱鬧，到處都擠滿了外國觀光客，還有一群群拿著冰淇淋最中餅邊走邊吃的大嬸。然後又走了很久，經過源氏山公園，到了錢洗弁天神社，這個地方很涼快，非常舒適。我心想既然都來了，乾脆也來洗洗錢吧，但是當我正在洗五元硬幣時，旁邊竟然有人在洗整疊的鈔票。我長這麼大第一次看到這麼多錢呢。問了之後才知道，那是做生意的資金，所以才特地拿來洗。洗了或許真能討個吉利，但我還是難免擔心鈔票會不會被洗爛，或是全都黏在一起。

離開錢洗弁天之後，我又繼續走，最後到達了明月院。這裡是有名的繡球花勝地，雖然颱風帶來的風雨讓花朵有些頹靡，但這龐大的數量確實和傳聞說的一樣漂亮。

我在鎌倉散步一整天，真的是累翻了，可是我現在卻睡不著，精神非常清醒。既然如此乾脆來寫報告吧，但我又沒有那種心情，所以我決定寫信給妳，雖然我們不久之後就會見面。

我可要先說清楚，我絕對不是利用寫信來打發時間喔，寫信給妳是我最寶貴的一段時間，從四月以來一直都是如此。發生了什麼事、去了什麼地方……我真的很慶幸有一個人願意聽我聊這些無聊事。謝謝妳一直陪著我。

我最近覺得寫信確實很愉快，收到妳的回信更高興，但最開心的還是跟妳當面聊天。我記得妳也說過一樣的話。

還有一件事。我最近經常在想，每個人都有適合的位置，待在那個地方才是正確的。我聽人家說，宮澤賢治本來是依照家族的習慣葬在淨土真宗的寺廟裡，但他生前是法華經的虔誠信徒，所以後來家人把他的墳墓遷到身照寺。竟然還特地改宗。

宮澤賢治在死後還能如此受人敬重，必定是因為生前的作為。真是個有德之人啊。說到這個我就差多了，我只會考慮到自己。

說真的，與其為了世人犧牲奉獻，死後流芳百世，我寧可在活著的時候過得幸福一點，就算死後很快就被人們忘記也無所謂。

我就是因為這樣想，才會被媽媽說「妳只會想到妳自己」吧。

考完試之後就是暑假了……我已經大概想好了到時要做什麼。總之得先打工，不管要做什麼都需要錢，這是無法改變的事實（在那之前還得先處理報告和考試這些更無法改變的事實）。

先聊到這裡吧，保重喔。

再會。

草此

第三章

1

新年平平淡淡地結束了。

元旦當天我們全家人去附近的神社做了新年參拜，我一邊祈求好運，一邊把五元硬幣丟進賽錢箱，還許了幾個願。第二天和姊姊妹妹去了百貨公司，我開開心心地提著大福袋回到家，打開一看卻非常失望。或許是我錯了，我不該對零用錢買得到的福袋抱著那麼高的期望，但是雜貨福袋竟然裝了盒裝面紙，這也太過分了吧？真不該專挑大的，這就是《剪舌麻雀》的教訓啊（註20）。

我滿懷鬥志地想著明年一定要中大獎，真是學不乖。如果我不小心迷上了賭博，一定會無法自拔的……姊姊聽到我這樣說，就信誓旦旦地回答：

「不用擔心啦，因為妳很小氣嘛。」

20　日本的童話故事，內容是善待麻雀的老爺爺在選擇麻雀的禮物時挑了小籠子，回家後發現裡面裝滿金幣。而虐待麻雀的老奶奶在選禮物時挑了大籠子，結果裡面都是蟲和蜜蜂等可怕的動物。

最過分的是，連妹妹都立刻接著說「就是啊」。

雖然如此，其實她們沒有一絲一毫的惡意，妹妹的那句「就是啊」是要表示「姊姊不可能墮落到沉迷賭博」的意思。

就是因為知道，所以我才沒有還嘴。再怎麼說我們都認識那麼久了。說到這個，我們好像很久沒有吵嘴了，看來我們都長大了一點。

我在百貨公司晃了半天，一直沒看到認識的人。新年折扣期間擠滿人的百貨公司確實不是適合和熟人巧遇的地方。

「我只是假設喔，如果我現在想找警衛說話，該怎麼做呢？」

我隨口問道，妹妹馬上回答：

「偷個東西他們就會立刻出現了。」

很有道理，但我可不打算真的照做。

「咖啡廳也客滿了。」姊姊看著窗內說。「還是別喝茶了，我們回家吧。」

「是啊，這樣也可以少花一點錢……」講到一半，我突然冒出一個念頭。「啊，我想去書店看看，妳們先回去吧。」

兩人很爽快地同意了，因為她們都知道我進了書店得耗多久時間。

我搭手扶梯到八樓的書店，先去看看新書區，可是我年底才剛來過一次，一月二日再來當然不會有太大的變化。逛了一陣子就覺得人太多了，很難逛得盡興，所以我很快就離開了。

等我回到家，在自己的房間脫下外套時，我才發現了「那東西」。一張紙片輕飄飄地落在地毯上。應該是從帽兜裡掉出來的，不知道是打哪來的。

那張對摺了兩次的紙攤開之後和明信片差不多大，上面印著「顧客意見表」，以及我們剛才去過的百貨公司的名字。

背後有鉛筆寫的幾行潦草筆跡。

今天早上收到「信件」了。可惜我今天要工作，還沒時間看。下週日我要顧店，那個工作還挺閒的，不嫌棄的話就來參觀參觀吧。

最後簽了瀨尾的名字，還附上了簡略的地圖，店鋪位於民營鐵路的前一站，和瀨尾住的地方是同一區。

讀了幾遍之後，我疑惑地歪起腦袋。他是什麼時候把這張紙條放進我帽兜裡的？我走在路上老是心不在焉，完全不會注意身邊的狀況。不久之前才發生過類似的事，瀨尾也知道那件事，所以他大概是故意跟我開玩笑吧。不過……

我突然覺得有些生氣。如果我沒有發現該怎麼辦啊？說不定這張紙條會被當成垃圾丟掉，又說不定會在途中被風吹走……這可是重要的邀約耶。

想到這裡，我的表情就放鬆了。這確實是個邀約。

我把外套掛起來，躺到床上，將枕邊的綿羊布偶蓋在臉上。純白的美麗諾羊——瀨尾從紐西蘭幫我帶回來的禮物。

他是以怎樣的表情買下這麼大的東西，再千里迢迢地帶回日本呢？我一想到這些事就覺得好笑。

我收到禮物的那天剛好是聖誕前夕。也不是因為這個理由啦，總之我還是不自覺地哼起了松任谷由實的暢銷金曲（註21）。當我在感冒臥床時，還會想到瀨尾打扮成聖誕老人的樣子。

我也想到，如果這是旅行時帶回來的土產，那我就要好好記在心裡，等我哪天去旅行再買禮物送他，如果這是聖誕禮物，那我不是應該立刻回禮嗎？

想到這裡，我不禁開始慌張。我立刻想到了一些可以送的東西，或許因為還在發燒，想到的都不是什麼好禮物。

如果送太貴重的東西，說不定會嚇到他。那麼送甜點如何？高級的烘焙點心可以放很久，像是瑪德蓮蛋糕，或是金磚蛋糕之類的。

21　這裡指的是《戀人是聖誕老人》。

這東西又不稀奇，只是我自己喜歡吃罷了。

那ＣＤ呢？

這種禮物滿不錯的，但我根本不知道瀨尾喜歡哪種音樂，再說他家裡也沒有ＣＤ音響。

能和布偶分庭抗禮的塑膠模型呢？

駁回，他又不是小孩子。

領帶、圍裙、搥肩券……

第一個也就算了，後面兩個是怎麼回事？就算要送領帶好了，瀨尾總是穿牛仔褲，領帶對他也沒有用處。

不知道是發燒還是怎樣，想到最後都會碰壁。

有些點子一開始還覺得很好，再仔細想想又覺得很愚蠢。

我去過瀨尾住的地方一次，就是他送我綿羊的那天。我在他的房間只待了一下，印象卻非常深刻，我從來沒有見過那樣的房間。

裡面什麼都沒有。

瀨尾說，生活本來就不需要太多東西。的確，那裡一點都不像物欲強烈的人住的地方。我真不知道，這種人收到什麼東西才會高興。

我知道他有一樣打從心底喜愛的東西，那就是寬廣無垠的宇宙，但我又不能把星星綁上緞帶送給他。

還有別的嗎？

其實我還知道瀨尾可能會喜歡的東西。嚴格說來那不是東西，但我如果想送還是辦得到的。

他喜歡「謎題」。無論再怎麼小，再怎麼無聊都好，總之必須是解得開的謎題。

夏天結束時，瀨尾說過自己真的很熱愛謎題。

遺憾的是我的庫存已經用完了，所以我才會給瀨尾讀那些信件。坦白說，我不確定他會不會高興，說不定他還覺得麻煩咧，因為分量實在太多了。但我不能不做些什麼，我得繼續對他發球。

總之，我一邊看著紙條一邊想，這一球已經傳到瀨尾的手上了，接下來他會怎麼回傳呢？

我有些期待，又有些不安……

胸中躁動不已。

2

瀨尾的紙條上寫著「圈圈堂」這個店名，完全看不出這間店賣的是什麼。我跟著地圖走，離商店街越來越遠，心中也越來越不安。在我相信自己一定會迷路的時候，總算找到了那間店。歪歪扭扭的招牌上寫著店名和「舊書」的字樣，看來這是我最愛的舊書店。這間店本身也很舊。

我從窗戶望進去，沒有看到任何客人，因為有書櫃擋著，看不見更裡面的地方。

我先做一次深呼吸，才伸手去拉門，結果卻拉不開。就是這樣我才討厭舊式的拉門嘛。我正在搖晃門扉，後面就有聲音傳來。

「太用力的話會把門弄壞喔。門是鎖著的。」

回頭一看，原來是瀨尾。

「被一個弱女子搖兩下就會壞掉的門怎麼防得了小偷啊？」

「的確。」

瀨尾笑了出來，點頭附和，然後從口袋拿出鑰匙。這扇舊式拉門不好拉，鑰匙也不太轉得動。

「你丟著店不管，到底跑去哪兒了？」

我一副像是在找碴的樣子，但這是瀨尾的錯，誰叫他老是神出鬼沒的。

像是「哎呀，等很久了嗎？」或「妳好」這種常見的問候語，在我們之間從來都用不上。

「我在對面的拉麵店吃午餐，一看到妳來了，我就急忙跑出來。」
原來如此。我看看對面那個紅底黃字的鮮豔招牌。
「好吃嗎？」
「普普通通啦，很便宜就是了。」
我點點頭，跟著瀨尾走進店裡，舊書特有的味道撲面而來。
「這間店的名字真有趣。」
「妳說圈圈堂？」
「是啊。」
「其實這是把暫定的店名直接拿來用。老闆在開張之前就決定要把店名取為什麼什麼堂，所以寫成○○堂，但是一直想不到好名字，開張的日期越來越近，他也懶得再想了，就直接取名為圈圈堂。」
也太敷衍了吧。不過我挺喜歡這店名的由來。
「今天老闆不在嗎？」
「他去參加姪子的婚禮了。反正這間店幾乎沒有客人，那個大叔頑固得很，說今天既然不是假日就一定要開門做生意，所以就從為數不多的常客之中把我拉來緊急支援。」
「所以在這裡顧店很清閒，又可以隨便看書。真是一份好工作。」

我都想來打工了。不過瀨尾苦笑著搖頭。
「也不盡然啦。」
「怎麼說？」
「工資給的不是錢，而是店裡的商品。」
「喔？是舊書嗎？」
「太貴的就不行了，只能從那裡挑。」瀨尾指著一個寫了「三本一百圓」的紙箱。「有機會的話，妳也想來打工嗎？我可以跟老闆說一聲。」
「呃，不用啦。」我急忙回答。「我經常覺得你真是個奇特的人。」
「我也這麼覺得。」
瀨尾正經地點頭說，然後從櫃檯裡拉出一把圓椅。
「請坐。我先去泡個咖啡，不過只有即溶的。」
「麻煩你了。」
我依言坐在那張椅面有些破損的椅子上。坐起來感覺怪怪的。
「你是什麼時候留下那張紙條的？我完全沒發現呢。」
我突然問道。我真的很想知道。
「在百貨公司。」
瀨尾回答得很簡潔。

「我知道是在百貨公司，但你又不在那裡，我有在注意。」

「有在注意？」

被瀨尾這麼一問，我連忙乾咳兩聲。

「呃，是啊，因為可能碰到扒手，或是被順手牽羊……那裡人很多嘛。」

「我那天沒聽到有客人被扒或遺失物品，倒是有些商品被偷了。每個人的伎倆都差不多，都是把偷來的東西放進福袋，被發現了就堅稱那些商品本來就放在福袋裡，可是福袋再怎麼樣也不會有冷凍螃蟹或牛排吧。」

瀨尾笑著把咖啡杯遞給我。

「相較之下，偷摘門松的松葉還比較可愛。」

瀨尾這個人還真是壞心眼。我若無其事地接過咖啡杯。

「你到底是什麼時候放進來的？」

「在書店裡。我值班之前去逛了一下，但是沒時間跟妳聊，所以才匆匆地寫了紙條。」

「那我怎麼沒有發現？」

我執拗地問道，彷彿在指責他的不是。

「妳該不會一直在找穿警衛制服的人吧？我當時穿的是便服，因為還沒開始值班。」

瀨尾輕鬆地說道。我愣了一下，立刻接受了這個說法。

或許我真的在無意識中尋找「穿警衛制服的瀨尾」，所以才看不見「平常打扮的瀨尾」……說穿了就是這麼一回事。

什麼嘛，真是不甘心。

「對了。」瀨尾用開朗的語氣換了個話題。「我把那些信件看完了……感覺不像在看別人的信呢，真意外。」

「我可是徵求過對方的同意喔。」

我像是在辯解什麼。

「妳是說小晴……晴香小姐吧。她就是除夕那天妳放在口袋的明信片的寄件人嗎？」

「咦！」

我訝異地直起上身，杯中的咖啡掀起了波濤。如果滴出來弄髒店裡的書就糟糕了，我急忙坐正，輕嘆一口氣。

「我才拿出來一下子，你就看到寄件人的名字了？」

當時我把明信片從右側口袋移到左側口袋，頂多只花了幾秒鐘的時間。

「真是不能小看你呢。」

我低聲加了這句話，瀨尾就苦笑著說：

「只是不小心看到的啦。我覺得很奇怪，因為上面有紅色的『賀年』字樣。或許妳只是剛好帶著舊明信片去百貨公司，若是要寄東西給別人就能免去抄地址的麻煩。但是寄東西一定要寫電話號碼，而我匆匆一瞥只看到寄件人的名字是手寫的，手寫的明信片不可能會寫電話號碼，如果是印刷的還有可能。照這樣看來，妳一定是在出門時順手把提早一天寄達的賀年卡放進口袋了。」

「……你閒著沒事就在推理嗎？」

他又露出了苦笑。

「沒有啦。我是收到了妳的『信件』之後，才突然想起那張賀年卡上面寫了同樣的名字。只是這樣而已啦。我更在意的是妳為什麼用這種方式讓我看這些信。」

瀨尾從身旁的紙袋裡拿出一個黑色資料夾，寫給「小晴」的信件依照日期排放在其中。不過那些不是正本，而是影印的。

「你沒看出來？」我用打量的眼神瞄著他。「這些信件之中不是藏著謎題嗎？」

瀨尾一聽就露出躍躍欲試的表情。

「所以妳到底為什麼要讓我看這些信？」

「這也是個深奧的謎題……但重點不在這裡。」

「這個叫作小晴的女孩跟妳是什麼關係？」

「這點我也先不告訴你。」

「我知道妳想說什麼，不過我也先不說出來。我在看信的時候最在意的並不是這些，我真正想知道的不是寫出來的東西，而是沒寫出來的東西。也就是說，字裡行間的空白處藏著一些事情。」

瀨尾一口氣說完，就對我笑了笑。

「我會感到好奇的或許都是跟『space』有關的事吧。」

「跟『space』有關的事？」

我複誦了他說的話。

「信件原本只是寄件人和收件人之間的私人往來，但是這些信中也有提到，信件也有可能被收件人的家人看到，甚至會像宮澤賢治的信件一樣在死後被公開展示。但這些信件並不是寫給其他人看的，基於雙方的默契，當然會省略掉一些事。」

「省略？」

「就是說，如果是兩人都知道的事，就沒有必要特地寫出來。妳明白我要說的意思嗎？」

我點頭同意。

「譬如母親寫信給在外地讀書或工作的兒子，信中提到『隔壁的小櫻死了，真叫人難過』，不明就裡的其他人看了一定會以為是死了個女孩的重大事件，不過母親和兒子都知道小櫻其實是鄰居養了十年的狗。這麼一說，讀起來的感覺就不一樣了。」

「因為兩人都知道小櫻是一隻狗，所以不會特地寫出『鄰居的狗小櫻』……你是這個意思吧。」

「沒錯。」瀨尾點點頭，用學校老師般的語氣回答——如果他兼過家教，或許真的有這種經驗。「有句話叫心有靈犀，兩人之間如果非常親密，有些事情不說出來彼此也會知道，這些信件也是一樣。不過現在多了一個原本不該出現的第三者，也就是看了這些信的我，如果這一連串的信中藏著謎題，最大的問題就在這裡。」

瀨尾看似很渴地大口灌下咖啡。咖啡都已經冷了。

「然後呢？」

「在我開始讀信之前，我最先注意到的是龐大的數量，剔除掉明信片都還有十四封。這些信是從剛入學的四月到七月初之間寫的，平均一個月超過四封，而且每封少說都有七、八張信紙。如同信中所說的，有些信寫了好幾天，而且同時還得面對沉重的作業壓力。在如此便捷的時代，很少人會這麼勤勞地寫信，所以我看信時一直在想，為什麼不乾脆打電話呢？」

「你有什麼資格說人家啊？」

我噘起嘴巴。他一聽就笑了。

「如果不是非常喜歡對方，一定沒辦法持之以恆地寫下去吧。」

聽到這句話，我頓時心跳加速。瀨尾面帶微笑地接著說：

「……否則就是非常憎恨對方。」

我嚇了一跳，心臟都涼了。

「這不像懷著恨意寫的信吧？」

「嗯，當然不是。這是寫給認識很久、關係親密、名叫晴香的女性的信，也是欣喜地報告嶄新校園生活的信，此外，還是很寂寞的信。」

「寂寞？」我忍不住插嘴。「為什麼？絕對不是……」

「妳想說絕對不是這樣嗎？」

我無法回答，只能緘口不語。

「或許是我想太多了。不過，看到這麼龐大的信件，我只能解釋為『一定是因為很寂寞』。譬如早上下雨這件事，通常只會說一句『真鬱悶』就結束了，既然要特地在信中寫道『今天一大早就下了雨，真令人鬱悶』，就表示身邊沒有能說這句話的對象。」

「明明有朋友啊。」

「那真的算是朋友嗎？信中從來沒有提到和誰相約、和誰打電話、和誰在學生餐廳吃飯之類的事。」

「你不覺得那只是因為沒必要寫嗎？」

「是啊，妳說得沒錯，信裡沒寫不代表沒有這些事。打字也是一樣的道理，如果要留空格，一定要按空白鍵。就算要留白也得做出一個動作。就連宇宙之中也不存在真正空無一物的空間，不管怎樣，裡面一定會有些什麼。問題就是，裡面到底有什麼？」

「……我越來越聽不懂你說的話了。」

我誠實地回答，瀨尾笑了笑。

「喜歡拿宇宙來譬喻是我的老毛病，其實這是從空白鍵聯想到的。我想要說的是，信件不可能寫出所有的事情，不管再怎麼鉅細靡遺地紀錄一整天的所見所聞，也不可能百分之百還原。除此之外，還有可能是故意不寫的。」

「譬如怎樣的事？」

「我要先問妳，剛才我說『身邊沒有能說這句話的對象』，妳回答了『明明有朋友啊』，為什麼妳不說『有家人和朋友』？」

「那是因為……」

我閃爍其詞。

「因為妳不想說謊，對吧？妳確實沒有說謊，只是不把話說清楚……人與人之間的對話一定也有著某種空白，以沉默這種形式表現出來。」

「……你就直說吧，你到底看出了多少事？」

我單刀直入地、有些惶恐地問道，但瀨尾只是歪著腦袋，沒有直接回答。

「妳剛才回答不出來的事……關於有個和自己一模一樣的人出現了的那段敘述，如果真的發生這種事，應該要更驚慌一點才對，但是信中提到這件事的語氣卻異常冷靜，這種反應才奇怪，遠比那件怪事本身更令我在意。所以……」

「所以？」

「我想說的是，妳就快點招供吧。這些信到底是誰寫的？我知道一定不是妳。」

「我又沒說過那是我寫的。」

我瞄著瀨尾，像小孩一樣頑固地硬拗。

「是啊，妳的確沒有說謊，只是沒告訴我最重要的事。那就是……」

瀨尾停頓了一下，然後笑著說：

「寫信的人和收件人晴香小姐是一對同卵雙胞胎姊妹。」

3

「真有你的，名偵探明智小五郎。」我開玩笑地喃喃說道。「如果是怪盜二十面相就會這樣說。」

「寫這些信的人叫什麼名字？」

「……駒井圓香。」我不甘願地回答。「出身靜岡縣。」

「原來如此，難怪朋友也叫她『小駒』。」

瀨尾苦笑地說，我吐了吐舌頭。

「就是因為這樣，再加上我們筆跡很像，我本來還以為騙得過你呢，是我把你想簡單了。你是從哪裡看出來的？」

「很難說是從哪裡看出來，因為從頭到尾都沒有確切的證據。這些信件透露了很多訊息，但是由於主觀角度和客觀角度之間的差異，意義也會截然不同。好比說，我們在地球上會覺得太陽繞著地球轉，其實是地球繞著太陽轉，而這些信件或許也一樣。讓我想到這一點的是開頭的部分，從第一封信可以得知這兩人本來經常見面，後來分隔兩地，後面提到兩人分別住在神奈川縣和靜岡縣，這距離其實不算太遠。問題來了，離開的是哪一個人？如果把這些信當成是妳寫的，自然會以為是晴香因為父親調職或其他理由搬走了。信中當然沒有寫到這些事，不過我懷著這個認知看下去，卻一再發現有些敘述不太對勁。」

「譬如呢？」

「譬如『宇宙地圖』那裡，信中提到遇見色狼的事，那件事發生在高三那年的一月聽完升學講座回家的途中。我記得妳是推薦入學的，所以妳應該在過年前就知道自己要讀哪間學校了。」

「你說得沒錯。」我點頭。「還有呢？」

「信中提到週末要帶晴香到處逛。這種話應該是搬走的那個人對來訪的朋友說的。」

「的確。」

「我注意到這點之後，又回頭去讀前面的信，發現第二封信寫了『進入短大之後，我終於有自己的房間了，真開心～』，而且隔壁住著一位同校家政科的學姊。與其解釋成鄰居剛好讀同一所學校，感覺更像是寫信的人在上了短大之後就離開家裡，住進學校指定的公寓。這顯然不符合妳的情形，因為妳一直和家人住在一起。」

「是啊。」

我再次點頭。

「我還注意到一個地方。第一封信寫到兩人分開之後晴香可能會很寂寞，還用開玩笑的語氣說『姊姊好擔心妳呢』。女性朋友之間有時的確會互相扮演姊妹的角色，但我越讀越覺得收件人晴香的角色更像姊姊，一個是乖巧聽話的姊姊，一個是動不動就反抗父母的妹妹，所以我開始覺得那句『姊姊』可能是指真正的姊姊。這兩人讀同一學年，畢業旅行也是一起去的。當『分身』出現之後，寫信的人若無其事地詢問對方是不是知道些什麼……呃，她叫作圓香對吧？」瀨尾歪著腦袋問道，然後繼續說：「其實她已經猜到，雙胞胎妹妹為什麼會瞞著她悄悄跑來。」

瀨尾端起杯子，但裡面已經空了。

「我再去泡一杯，妳也要嗎？」

「啊，這次讓我來吧。」

我急忙起身，接過杯子走到店面後方。小活動餐車上放著保溫壺和一瓶即溶咖啡，保溫壺看起來很老舊，但咖啡似乎是剛開封的，還有一個小杯子裝著牛奶。咖啡和牛奶多半是瀨尾自己帶來的。

「……瀨尾，你有想過要去很遠的地方嗎？」

我一邊將熱水倒入杯中，一邊問道。

「很遠的地方？」

「就是其他的地方，不是現在所在的地方。」

「妳是說『山的另一邊』嗎？」（註22）

瀨尾用唱歌般的語調說道，我不經意地抬起頭。

「被你這麼一說，感覺好悲傷啊。」

22　德國詩人卡爾・布瑟的詩〈Über den Bergen〉，內容是「在山的另一邊，旅途遙遠之處，人們說，幸福就住在那裡。」

「這就是待錯位置的不幸吧，就像信裡提到的格魯雪的悲劇。」

我把冒著熱氣的杯子放在瀨尾面前，自己也喝了一口咖啡，然後說：

「雖然喜歡現在的學校，也待得很開心，不過入學之後老是對某些事感到不對勁。那樣確實很不幸。」

「妳說的是晴香小姐的想法嗎？」

我猶豫片刻才回答：

「……是啊。她不像雙胞胎姊姊圓香有勇氣離開家裡一個人生活，只能繼續住在家裡，在附近的短大就讀，但是這種生活漸漸讓她喘不過氣。」

聽圓香之言，她們的母親把所有的精力都投入在孩子的身上，姊姊圓香很討厭母親的過度干涉，但妹妹晴香一直乖乖地聽母親的話，她從不理解為什麼姊姊老是反抗母親。

但是……

姊姊離家之後，家中生活越來越讓她感到窒息，此時她才明白，姊姊圓香就像是幫她吸收了母親過度精力的海綿。母親的要求越來越多，晴香逐漸不堪負荷，壓力越來越大。

除此之外，晴香始終無法適應剛進入的短大。她為人隨和，所以還是交到了一些朋友，但是和朋友之間的交際給她帶來了更多壓力，因為彼此的價值觀和人生觀都差太多了。

不過，姊姊寄來的信都表現得很開心，感覺她每天都過著自由而快樂的生活。

因此晴香很想去找姊姊，起初還會事先通知，後來就變成偷偷地去。

這就是「分身」出現的理由。

「諷刺的是，圓香的情況其實也差不多，她只是比較逞強，所以沒有在信中訴苦。」

「畢竟她是不顧父母的反對而選了通勤圈之外的學校嘛。」

「是啊。母親一定會說『早就告訴過妳了吧』。」

「信中也有提過，寫信給別人很難避免被對方的家人看到。如果是自己孩子寫來的信，就更有可能打開來看了，無論收件人寫的是誰。」

「是啊，她的母親的確會看她們的信，還看得一副理所當然的樣子，有時甚至比晴香還先看。」

我覺得很難以置信，但世上還是有這種父母的。

「晴香小姐現在在哪裡呢？」

我心虛地縮了一下脖子。

「在圓香的公寓。正如你所說，圓香住的是學校指定的公寓。晴香現在都以圓香的身分去上學，和《兩個小綠蒂》的情節一樣。」

「妳說什麼?那圓香小姐去哪了?」

瀨尾目瞪口呆地說。我還是第一次看見他這種表情。

我不知為何有些開心。

「你應該猜得到吧?」

我存心吊瀨尾的胃口,但他立刻回答:

「該不會在岩手縣吧?就是研修旅行時去的地方……」

這次輪到我目瞪口呆了。

「你怎麼會知道?」

「我只是隨便猜的……」

瀨尾歪著頭喃喃說道,表情看起來很沒自信。他明明都猜對了。真是搞不懂他。

「圓香有了喜歡的對象,那是當她在旅行途中被丟下時照顧過她的人。她在敘述旅途見聞的時候不是表現得很興奮嗎?」

「原來如此,留白的部分是個愛情故事啊。」瀨尾嘆氣似地說。「這種事的確不能寫在會被父母看到的信件裡。」

「就是說啊。」我笑嘻嘻地說。「那個人也很喜歡圓香喔,兩人後來還是保持著聯絡。」

「所以去了鎌倉約會？」

「你一定要猜得這麼準嗎？」

「圓香小姐說過自己是路痴，但她第一次去鎌倉，還跑了那麼多地方，卻都沒有迷路，讓我覺得有些奇怪。現在我懂了，一定是她的男友會幫忙看地圖。」

「圓香在放暑假前又去了花卷一趟，找到一份供食宿的工作，而晴香在我們學校也過得很開心，兩人都覺得找到了適合自己的位置，真是可喜可賀……很像連續劇的情節吧？」

「妳是因為這件事很像連續劇才插手嗎？」

「啊？」

「現實主義者兼浪漫主義者的駒子小姐。」瀨尾的表情有些嚴肅，但語氣很溫和。「這次最大的謎題是妳的角色。妳和這件事明明沒有關聯，為什麼信件會在妳的手上？」

「當然是晴香和圓香交給我的……當作參考資料。」

「什麼的參考資料？」

「每月至少一次寫信向她們的父母報告近況，說些『我今天也很用功地讀書』之類的內容……用圓香的名義。沒錯，我也是共犯。」

我面帶笑容地說，瀨尾又聽得目瞪口呆。真痛快。

「她們的父母很嚴厲，絕對不會容許這種事，所以她們不敢講。」

「正常人都不會容許吧。」

「的確。」我嘿嘿地笑了。「這是理所當然的。可是晴香休學的事已經讓父母受到不小的打擊，現在又跟著姊姊離開家裡。圓香還說……如果事情曝光了，她一定會不擇手段地抗爭到底。」

「……兩個女兒都這麼叛逆，這對父母真可憐。」

「你真是成熟懂事。」我稍微縮了一下脖子。「不過她們至少知道自己做的事很任性嘛。」

「因為可能過得不好，還是要留個後路吧。」

瀨尾的語氣聽起來酸溜溜的。

「這樣的確有點狡猾，但是誰敢不綁安全索就跳下去啊？而且圓香也需要再多考慮一下。現在不是適合說服父母的時機，她得先把那邊的工作穩定下來，仔細想想未來的事……總是要花些時間嘛，所以她才想出了這個辦法，說是要等到暑假結束再去聽父母抱怨。如果她給晴香寫了這麼多信，對父母卻沒有隻字片語，那也太奇怪了。還有……」

「為什麼這件事不交給晴香小姐來做？」

瀨尾一副很不滿的樣子。

「晴香自己也會寫信給家人啦，不過她們姊妹雖然長得一模一樣，筆跡和文風卻天差地遠，相較之下我和圓香的文筆還比較像。事實上，我冒充她的身分寫信給她父母確實沒被看穿。」

我用事不關己的態度說道。

「是啊，我就是對妳多少有一些了解，一開始才會被騙到。」

「你了解我？」

我歪著頭，小聲地問道。

「嗯，妳和她相像的地方不只是筆跡或文筆。」

我不以為然地用力搖頭。

「圓香個性穩重，才不會因為一點小事就驚慌失措……我就不一樣了。」

「是嗎？圓香小姐不也在信裡說過她和毬藻有點像嗎？毬藻指的就是妳吧？」

我用微笑來表現心中的受寵若驚。

「你真的很聰明。沒錯，那個奇怪的女生就是我。順帶一提，和小兔鬧得不可開交的孔雀就是小愛。」

我和小愛在入學之後沒多久就成了朋友。

「她們吵架的原因是什麼？」

「四月的某一天，她們兩人碰巧穿了同款式的衣服，好像是什麼名牌。後來小兔再也沒有穿過那件衣服，而小愛認為自己更適合這件衣服，所以還是繼續穿……而且她那句話還傳到了對方的耳中。」

瀨尾把雙手的食指在臉前交叉，一臉無奈地聳著肩說：

「相像也要討厭，一樣也要討厭，女生活得真辛苦。」

我悠哉地附和著「就是啊」。

「說實在的，圓香小姐會做出這麼激烈的行為，這或許就是理由之一。」

「什麼理由？」

「討厭和別人一樣。她或許想要遠離外表和她相似的妹妹晴香，還有個性和她相似的妳吧，所以她會找妳幫忙製造不在場證明還真令我意外。」

我點頭稱是。

「圓香從花卷打電話給我的時候我也很驚訝，聽到她拜託我的事，就更驚訝了。她在信中也有寫到，她和我並沒有多少交情。」

瀨尾歪著頭說：

「我真搞不懂。既然如此，為什麼她會叫妳幫忙瞞著她的父母和學校呢……就算妳是個很好說話的人……」

「你剛才說過，你對我多少有一些了解。」我打斷了他的話。「那你告訴我，你怎麼知道你真的了解我？」

「這個……」

瀨尾難得回答不出來。我又緊迫盯人地繼續說：

「我最近在書上讀到，金星被觀測到的時候，通常都是虧缺的模樣。人和人之間不也是一樣嗎？就像看了圓香寫的信，也沒辦法了解這個人的十分之一，即使我每天都在學校見到她，對她的了解恐怕也不到一半。無論是圓香或晴香，一定都還有很多我不了解的地方，譬如只有她們自己才知道的事，或是不會對別人提起的事……」我不自覺地提高了語調。我輕嘆一口氣，又繼續說：「……你對我的了解可能只有十分之一，而我對你幾乎一無所知。」

我講到臉頰都熱起來了。沒想到我說得出這麼害羞的話。

瀨尾直勾勾地望著我，似乎有些不知所措。因為他沒有開口，所以我又說了下去：

「你發現了嗎？圓香拜託我做這件事時，我已經認識了某個人。」

瀨尾說過，他非常熱愛謎題。

「我一直在傳球給你。」

那是稱為「小謎題」的球。

「你每次都會接住，然後回傳給我，但我如果不再傳球給你，或許我們就不會再有往來了，所以我……」

就是這樣。
只是因為這點理由，我就答應了圓香那驚世駭俗的請求。為了預防籠中的球用光而事先準備的球。
圓香見我答應得這麼乾脆，反而有些愕然。
『其實我是用開玩笑的心情說出來的……妳願意幫忙真是太好了。做這種無理要求真的很抱歉，謝謝妳。』
圓香在遙遠的彼方這樣說。看她這麼感謝我，我反而有些內疚。
我就像因幡的白兔，騙鱷魚在海上排成一列，踩著牠們走到我想去的地方。真是隻自私的兔子。
「或許吧……」在難熬的漫長沉默之後，瀨尾終於開口。「或許正如妳所說，我們之間還有很多的『spece』。」
空白、留白、空蕩蕩的空間……
瀨尾靦腆地笑著，又補上一句：
「不過，只要像現在這樣聚在一起，天南地北地閒扯，就會慢慢填補起來的……用不了多久，一定可以的。」
無數的話語，漫不經心的小動作，將會漸漸填補起那些空白。
我的胸口緊縮，心臟幾乎爆炸。但我同時也懊惱地想著，我幹麼說得那麼迂迴呢？為什麼不直接一點呢？

就算如此……

我還是一邊吸著快滴出來的鼻水，一邊點頭如搗蒜。

二……BACK SPACE

1

咚、咚咚、咚咚咚。叩、叩。

啾啾啾、啾啾。

兩隻小鳥在玩耍。在屋頂和窗簷上，鳥兒們時而蹦蹦跳，時而飛一小段距離，鳴聲和爪子搔抓的聲音摻雜在一起。我想像著那些覆蓋著小小鱗片、細如牙籤的腳。兩隻鳥的彎爪在屋頂上踩來踩去。

咔咔咔、叩。啾啾、啾啾。

——因為小晴和小圓是從同一顆蛋裡生出來的，所以才會長得一樣嘛。

——不是雞蛋，而是媽媽的蛋。真的啦。媽媽是這樣說的。是真的，我沒有騙人啦。

稚嫩、尖細的聲音。兩個相同的聲音交雜在一起，形成了奇妙的合奏。三、四個孩子一起說話，聽起來就像蜜蜂鼓翅，或是婉轉鳥鳴。

我用迷迷糊糊的腦袋想著。這裡沒有小孩。

一從床上坐起來，本來拍著翅膀的鳥兒們就突然靜下來。這時機也太剛好了，牠們一定在偷看我這花樣少女的臥室。

其實這個房間不只是臥室，同時也是客廳和書房。這是學生公寓二樓的一間雅房，是我今年春天入住的城堡。從小到大，我都是和妹妹晴香擠在一間三坪大的和室，所以晴香也很高興可以獨占整個房間。

『啊，不過妳隨時都可以回來喔，我會讓給妳半個房間的。』

她還急忙加上這一句。

『我知道啦。』我苦笑著說。『我絕對不會以為妳希望我快點走，也絕對不會以為妳很高興看到我的東西都不在了。』

這諷刺的語氣，尷尬拗口的說詞，當然都是我刻意裝出來的。我雖然虛張聲勢，心底其實非常不安，畢竟我長這麼大都沒有離開過家人。

但我在心底努力地說服自己，這對我而言是必要的。不斷不斷地說服。

晴香嘛起嘴巴，她生氣了。

『真過分，妳都不了解我的心情。我真的覺得很寂寞，一整晚都睡不著耶。』

看到晴香紅著眼眶抗議，我就摸摸她的頭，連聲道歉。

晴香很惹人喜歡，她個性乖巧又文靜，但又很能幹，和固執急躁又缺乏毅力的我完全相反。

這裡說的只是性格，至於外表就很難評論了。

因為我和晴香是同卵雙胞胎。

我們是平凡的雙胞胎，分開來看只是再普通不過的女孩，但是因為我們長得一樣，別人都對我們很好奇。朋友會捧著我的臉說：

『這是哪一個呢？』

不管我怎麼回答，對於發問的人大概都沒有差別吧，反正他們也看不出我和晴香哪裡不一樣。

我從小就很討厭這樣。我堅持地認定，我就是我，我和晴香是不同的，但晴香似乎很高興看到別人分不出我們兩姊妹。朋友問她是哪一個的時候她也不會生氣，而是笑咪咪地反問「你覺得是哪一個？」，即使對方答錯了（概略說來，猜對的機率是百分之五十。），她還是會笑得很開心。

有一次晴香這樣對我說：

『草原上的斑馬都是成群結隊地行動，牠們黑白相間的斑紋聚在一起，看在獅子的眼中就像一個巨大的個體。會被吃掉的都是離開群體的、病弱的，還有幼小的斑馬。聚在一起才能安心。魚也一樣，同類的小魚不是都會整群整群地行動嗎？牠們這樣做也是為了讓捕食者誤以為那是一條巨大的魚。這不是後天學習而來的，而是與生俱來的本能。』

她帶著笑意說「很厲害吧」。

身為雙胞胎最鬱悶的地方，就是我在這種時候也知道她說這話是認真的。

——所以長得一樣的我們聚在一起，在各方面都能安心。

簡單說，她想表達的就是這件事。

晴香說自己膽小又脆弱，跟我在一起才不會怕，事實上，膽小脆弱的人其實是我。

也就是說，我才是一直在接受晴香的保護。

面對未知的事物時，我們一定會兩個人一起。在還會怕黑的年紀，我們兩人半夜醒來會手牽著手去廁所，其中一個人得了麻疹和流行性腮腺炎，另一個人沒多久就會被傳染，一起承受疾病的折磨。我們沒有各自的朋友，會問我們「是哪一個？」的都是我們兩人的共同朋友。

到了國中，我才發現不能再這樣下去。我在國中第一次有了喜歡的人，但那個男生分不出我們姊妹兩個誰是誰，既然認不出來，當然也不會發展成戀愛。

深感絕望的我選擇了非常激烈的行動，我毫不留戀地剪掉了留很久的長髮，而且美容院的阿姨想必很努力配合客人的要求，剪得比我預期得更短，簡直像是金太郎。在等待頭髮留長的那幾個月，我每天都在詛咒一切的人事物。

可是那時晴香不知道在想什麼，竟然也學著我把頭髮剪短了。或許她是基於同情而用這種方式來安慰我，但我只覺得更生氣。請試著想像這樣的搞笑搭檔，就像把《海螺小姐》的裙帶菜妹妹乘以二，害我看起來加倍地好笑，而我心痛的程度還要再加上幾倍。

人間最大的悲劇，就是自己的悲劇看在別人的眼中只不過是一齣喜劇。

我想起來了，關於斑馬的那件事。那時我對晴香抱怨「妳幹麼也把頭髮剪短啦，這下子我們兩人都成了笑料」，她卻突然提到斑馬的事。

會這樣沒頭沒腦地說出來，就代表她一直是這樣想的。後來晴香還是不斷地纏著我，讓我試圖營造出差異的努力全都化為泡影。

晴香很認真、很懂事，從來不會做出荒唐的行為，所以我在生活中每件大小事都很依賴她。會忘記帶英和字典而跑去對方教室借書的一向都是我，早上會睡過頭的也都是我，在課堂上發呆不做筆記後來才跟別人借來抄的還是我。

晴香可能是擔心我會做出什麼奇奇怪怪的事，才會放心不下地一直跟在我的身後吧。如果真是這樣，那我簡直跟幼稚園兒童沒兩樣。

國中生和高中生能選擇的髮型和服裝很有限，素材也是一模一樣，不需要花多少心思搭配，而且一天之中的大半時間穿的都是制服，根本沒有讓我發揮獨創性的餘地。

在我離家去讀短大之前一直都是如此。

我之所以要離開家裡，或許就是為了確認自己是個獨一無二的人吧。

我睡眼惺忪地打開窗子，出現在眼前的是沒有富士山的天空。

這裡和我家的距離還沒有遠到可以讓我唱出「突然發現走了這麼遠」，連媽媽都不停地叨念著「勤勞一點的話也不是不能通學嘛」。正如這個雙重否定句所透露的，要通學的話就要有心理準備每天搭車四個小時，這太浪費青春了。

最支持我一個人住的就是晴香，這點倒是讓我很意外。

『我還以為妳會阻止我呢。』

我這麼一說，晴香就露出無力的微笑，問道：

『妳希望我阻止妳嗎？』

我也笑著搖頭。

後來我在想，雖然我搖了頭，說不定我其實很希望她阻止我。

我呆呆地看著窗外，突然聽見有人在叫「圓香」。

穿著慢跑裝在樓下揮手的是多香子，她也是學生公寓的住戶，比我大一屆。她由於「對美容和經濟都有好處」的理由而找了送報的打工，這是愛賴床的我絕對做不來的事。她紮得整整齊齊的馬尾看起來很輕盈。在早晨朦朧的景色中，只有多香子的周圍顯得特別清晰。

穿著睡衣的我也揮揮手打招呼，多香子吃吃地笑著說：

「圓香從窗緣相望。」

只是一句很普通的雙關語，從她的口中說出來卻變得格外有趣，真是不可思議。

看著多香子離開後，我一邊念著「圓香從窗緣相望」，一邊開始梳理。

「圓香從杯緣……真蠢，我怎麼爬得進杯子，又不是拇指姑娘。」

開始一個人住之後，我才發現了一件事。

那就是會經常自言自語。

「窗緣相望、花園廂房、救援鄉里、十元箱子……」

單獨一人的時候為什麼老愛說些廢話呢？真是搞不懂。

2

我每天早上都要吃吐司。剛搬來的時候，我發現一包六片的吐司放到第五天就發霉了。一家四口住在一起的時候，一斤吐司根本吃不了兩天，所以完全不需要用上冷凍這種技術。現在老家有三個人，兩天剛好吃得完一包。想到這裡，我不禁有些寂寞。

抹吐司的人造奶油怎麼吃都吃不完；買了一包火腿，要在保存期限內吃完也很不容易；雞蛋一天一顆，所以買半包就夠了；牛奶也一樣，只能買比較不划算的五百毫升包裝。

會讓我意識到獨居生活的多半是這些和吃飯有關的事。

只有晚餐是例外，我們已經研發出一套制度。

入學之前，我和媽媽一起來看學務處推薦的學生公寓，遇到了同樣來看房子的三對親子。四位母親沒多久就聊開了，還當場訂下「晚餐輪值」的協議。提議的人就是我媽媽。

『現在的孩子啊，如果放著他們不管，他們不是只吃速食就是為了減肥而什麼都不吃。』

其他三位母親聽到她這麼說，都心有戚戚焉地點頭。

『如果要自己開伙，只煮一人份真的很不划算，材料還沒用完就過期了。再說食譜教的通常都是四人份，如果四天只要煮一次，負擔也不算太大。』媽媽笑著說。『就算是對現在的年輕女孩而言。』

『原來如此。』其中一位母親很佩服地說。『意思就是要輪流煮飯吧。』

『早上和中午大家都有各自的事要做，所以只能各自吃飯，但晚餐至少要吃得正常一點，吃得有營養一點，這樣我們這些當媽媽的也會比較放心。』

媽媽面帶微笑地說，其他三人都頻頻點頭。

之後一群人去了附近的咖啡廳繼續討論。

她們討論出來的每月預算是三萬圓，換句話說每個人是七千五百圓，調味料各自準備，剩下的食材讓隔天負責的人繼續用，才能儘快用完。大袋的白米比較划算，可以用三萬圓預算買到更便宜的米。每日預算估計大約是八百五十圓——媽媽迅速列出詳細的數字。她鐵定早就計算過了。

除此之外，要準備一個共用的錢包，還要有一本用來貼收據的筆記本，如果買菜時順便買了個人用品，就要在收據上加註，再從自己的錢包拿錢來補。諸如此類，連細節都訂好了。

『控制家計對我們這些家庭主婦來說已經是家常便飯了，但嚴守預算可不是容易的事喔。加油吧。』

媽媽依然面帶微笑，望著我們這些女孩，結果回話的不是學生，而是家長。

『這樣還可以學習家計呢。』

『一點也沒錯。』

媽媽說道。如同老師在誇獎學生。

這確實是一套經濟實惠又合理的制度，這年頭用兩百圓的預算根本做不出像樣的菜色。當然也可以一次做很多，但這樣就得連續幾天都吃相同的菜色。此外，做一人份和四人份的時間差不了多少，雖然材料準備起來比較辛苦，習慣之後就不成問題了，而且四天只要煮一次。

基於這些理由，雖說這是母親們擅自訂下的制度，但我們這些女孩也沒有反對，反而是歡歡喜喜地接受了這套輪值制度。離開父母獨立生活確實很輕鬆自在，但多少還是會有些不安，所以一開始就找到了一起分攤用餐問題的夥伴讓我安心多了……至少剛開始的第一週是這樣。

到了第二次輪值時，我不得不承認一個明顯的事實。

那就是，除了我之外，其他三人都不會煮菜。

讀英文科的那兩個也就算了，就連讀食物營養科、將來準備當營養師的人都不會煮菜是怎麼回事？我真是不理解，但做不到就是做不到。

最糟糕的是英文科的真帆，她的程度差到連萵苣和高麗菜都分不出來，第一次煮飯就端出高麗菜絲做的沙拉，再怎麼說都太離譜了。主菜是咖哩，因為她把馬鈴薯切得太大塊（而且皮也沒有削乾淨），所以中間還是生的，而且她煮的是甜咖哩，還在裡面加了一大堆從家裡帶來的蜂蜜，甜到讓喜歡辣咖哩的我簡直想要喊救命。

接下來，同樣是英文科的理惠做的是褐醬奶油燉菜。我後來才知道，這對英文科姊妹花的菜單上只有咖哩飯、日式牛肉燴飯、奶油燉菜這三道，用的當然是市面販售的調味包。但她們聲稱「奶油燉菜分成白醬和褐醬，所以總共是四道」……

理惠最大的缺點就是煮菜時無法集中注意力，她老是把鍋子丟在爐上就跑去看電視或看書，因此她煮的咖哩或奶油燉菜有一半的機率會燒焦，就算沒燒焦也會把馬鈴薯整個煮爛。每次輪到她煮飯，她房間的抽風扇吹出來的味道都會讓我聞得膽戰心驚、坐立難安，甚至忍不住敲門問她「鍋子沒事吧？」。

第三個是食物營養科的美雪，她是這三人之中廚藝最好的一個（不愧是營養科的）。但是她的料理技術非常單調，不是切就是煎。

涼拌豆腐、雞蛋豆腐、蔬菜條都是只要切一切就好了，魚片和肉塊也只需要放進平底鍋煎一煎，如果要加菜，就是開一盒納豆或罐裝醬料，再不然就是用烤箱把特價販售的可樂餅加熱一下。不過這些就已經滿好吃的了，至少她能端出其他兩個人絕對不會買的魚片，還有很多豆類製品，果真不負營養科之名。

她們三人的共通點就是絕對不油炸，真帆和理惠是因為很怕噴油，美雪則是討厭弄髒廚房。不過她們應該還是很喜歡吃炸的東西，因為第四天輪到我煮飯，我做的豬肉起司捲她們都吃得很開心，另外兩道涼拌菠菜和滑菇味噌湯同樣深受好評。

真帆還給了我很詭異的讚美：「圓香有這麼好的廚藝，一定很容易交到男朋友」。

看到大家津津有味地吃著我煮的東西，真的很開心。在家裡晴香的廚藝比我好，媽媽就更厲害了，所以不會像現在這樣做什麼都會被誇獎，而且飯菜好吃是理所當然的。和其他人（尤其是真帆和理惠）做的菜相比，我隨便做的東西都更好吃。而且不只我這麼想，其他人也是這麼認為的。

我的抽屜裡放著一個有迪士尼人物圖案的罐子，本來是裝糖果的，現在被我拿來存百圓硬幣。有一天我開玩笑地說：

『給我一百圓，我就幫妳們代班煮飯。』

忙著社團活動、打工、聯誼的三個人聽到我的提議，都歡天喜地地接受了。大概到四月底的時候，晚餐幾乎都是我在煮了。

我待在廚房裡的時間大幅增加，到了經常要開窗的季節時，我發現了一件事。

廚房流理檯前方有一扇小窗，窗子是朝北的，而且外面就是另一棟建築物，所以幾乎發揮不了採光的功效，但是開著窗子至少比較通風。

窗外一公尺左右緊貼著一棟破爛的木造公寓，那棟公寓的陽臺在另一側，所以是坐南朝北。我們這棟公寓的廚房衛浴都是位於北側，這兩棟房子等於是背貼著背。

「那樣一定整天都照不到陽光。」

剛搬進來時，我對隔壁的美雪這麼說。

「有什麼關係？那棟似乎是某公司的單身宿舍，白天都沒人在。」

她這樣回答，然後笑著補上一句：

「那棟屋子叫作名邑宿舍，但是大家都叫它靈異宿舍。」

這真不像是剛搬來的人會知道的事。後來她跟我聊到她的男友就住在附近，她比男友晚一年來到都市。我聽了不禁覺得「真好耶」。

「那棟房子的確是又破舊又陰森。」

真帆在一旁說道。如果那裡的住戶聽到了，一定會很不高興吧。這兩棟房子靠得這麼近，說不定真的會被聽到，而且真帆的聲音又高又尖，非常響亮。我望向敞開的窗戶，美雪就笑著說：

「不用怕啦，那裡白天又沒人在。」

「所以那個是什麼？」

理惠冷靜地指著廚房的窗戶。從那裡望出去可以看到一扇嵌著霧面玻璃的小窗，裡面顯然有人影在晃動。

「難道是靈異宿舍裡的鬼？」

她扶了一下粗框眼鏡，一臉認真地說道。

「討厭，別胡說啦，這裡可是我的房間耶。」

此時大家都聚在我的房間裡聊天。

「不用怕啦，圓香，那一定是管理員啦。」

「為什麼管理員會在住戶的房間裡？」

「那裡應該不是房間，而是廁所之類的共用設施，那人大概是在打掃吧。」

「廁、廁所……」

我當然不希望有鬼，若是廁所也好不到哪裡去……那裡正對著我的廚房耶。

「哈哈，剛好對著妳的房間呢，圓香。」

真帆漫不在乎地笑著說。

因為聊了這些閒話，而且接下來幾天都很冷，所以我好一陣子沒再打開廚房的小窗子，但是有一天我買了四隻兩百圓的特價竹筴魚回來烤，廚房的小抽風扇效率太低，整個房間裡都是油煙味，我只好打開小窗，而外面那扇窗子也是開著的。

「……『Hayami』，我可以理解你的心情。」

突然傳來男人的聲音，把我嚇了一大跳。接著聲音又繼續說：

「但你也差不多該放下了……振作起來吧。」

我沒聽見另一個人的聲音，可能是在講電話吧。聲音漸漸變小，聽不太清楚。

那人大概是在說「你有一陣子不也是很努力嗎……」雖然我不知道那是什麼情況。」中間偶爾還夾雜著「喂喂？」的聲音。

過了一陣子，那個聲音又說：

「你真是個死心眼的男人。」

那聲音有些不耐，又透露出一絲無奈。

聲音靜止了，大概是講完電話了。我把烤好的竹筴魚盛入盤中時，又聽見了同一個聲音。

「……今天隔壁好像在烤魚……」

隔壁……他說的應該不是宿舍裡的隔壁，而是指我的房間。

我在心中喃喃說著「一定是油煙和味道都飄出去了」。我不禁有些罪惡感，但那人說到「烤魚」的語氣好像沒有不高興的意思，反而像是在細細品味這個味道。

因此我沒有急忙關上小窗，只關掉抽風扇，反正現在也沒有煙了。我從沒注意過抽風扇的聲音，想必音量應該不小，所以一關掉抽風扇，房間立刻靜了下來。

我已經做好了配竹筴魚的蘿蔔泥，還有小菜、煮油豆腐、金針菇味噌湯，我把一人份的飯菜端到折疊式的小桌上。其他三人說過今晚會比較晚回來。

她們三人每天都忙著社團活動、打工和聯誼，我真不知道她們到底是什麼時候在寫作業。

不過我也沒資格批評別人，只要一有空，我就會寫信給家人，內容都是一些平凡無奇的日常瑣事。我突然發現，寫信對我來說已經變得像呼吸一樣自然了，連我自己都不明白這是為什麼。

桌上放著晴香寄來的信。那是今天才寄到的，但我已經把內容記得滾瓜爛熟了，尤其是最後幾句。

——小圓，妳快點回家吧，我等不了兩年，再這樣下去我會寂寞得死掉……

我一邊吃著竹筴魚，眼中浮現了淚光。

我真是太沒用了，小晴。還沒到五月，我就已經得了五月病。（註23）

3

「『Hayami』，我跟你說……喂喂？你有在聽嗎？」

熟悉的「鄰居」聲音又傳來了。

說是鄰居，其實只是窗子相對的人，背靠著背的住戶。乾脆叫他「後窗先生」吧。

那個窗子小小的，有木製的窗櫺，嵌著髒兮兮的霧面玻璃。窗內總是一片漆黑，什麼都看不到。最近那扇窗子經常開著一條小縫，每天晚上都有講電話的聲音從那道縫隙鑽出來。

時間不太固定，有時我正專心撈著湯中浮沫，有時是在寫信，我也曾在寫報告

23 日本的學年從四月開始，不少人到了五月就會出現適應不良的反應。

的時候聽過，一發現那個聲音，我就會停下筆，仔細傾聽。

那人講電話的對象一直是「Hayami」，漢字應該是寫作「速水」吧。那應該是他的大學後輩，性別一定是男的，因為他經常說「你可是個男人耶」。速水似乎還在讀大學，因為那人問過「你的學分夠嗎？」。

我把斷斷續續聽到的字句組合起來，大概知道了他們的情況。簡單說，速水經歷了一場慘痛的失戀，所以整個人變得失魂落魄，什麼都不想做，學長很擔心他，經常打電話去鼓勵他。

這位學長真是貼心啊。

我說不上來自己是佩服、愕然，還是有些羨慕。辛苦工作了一天，回家後還可以打電話去安慰失戀的學弟，這個人還真了不起。

不知道是後窗先生特別體貼，還是男人的友誼本來就是這樣？我也不太清楚。但我知道他們之間的關係和女孩之間令人喘不過氣的親暱截然不同。

我漸漸對頹靡不振的速水感到嫉妒。身為社會人士的學長這麼關心他，他為什麼一直不回應對方的好意呢？我忍不住在心裡教訓起那個素未謀面的男人。

是啊，說話的那人一定是社會人士，因為他住的那棟公寓是員工宿舍。從那房子破舊的外觀看來，那人住的絕對不可能是附餐廳和廚房的套房。從窗子之間的距離來判斷，每個房間的面積都不大，應該不至於小到只能放得下一張床就是了。每個房間都有附衛浴設備嗎？那廚房呢？三餐要怎麼辦？他們那邊應該不能開伙吧……其實我也不確定，只是毫無理由地這麼認為。

我會知道後窗先生是社會人士，是因為偶爾能聽見他抱怨工作上的事。當然，是在跟速水講電話的時候。

「今天又被上司罵了一頓……我確實是犯了錯，但其他人遲到一樣久也都沒事，而我卻……算了，只是抱怨一下。」

他有時會沮喪地聊到這類的事。

看來他和上司很合不來。公司裡還有壞心眼的前輩，看到他犯了任何的小錯都會跑去打小報告。

「真是受不了他，沒事還會故意跟在我身邊，一直盯著我做事。」

他那個前輩還真閒。難道他不能試著反擊，指責對方一直摸魚打混嗎？大概不行吧，公司裡的長幼輩份是很難撼動的，真令人同情。

窗裡的聲音繼續說：

「……喂喂，你有在聽嗎？速水……算了，我就是太笨了才會期待你安慰我。」

我說速水先生啊，你會不會太冷淡了？你失戀的時候學長都那麼關心你，你現在應該跟他同仇敵愾，才不會遭天譴喔。

我在這裡生氣也沒有用。

但我真覺得後窗的鄰居先生不該跟那種人講電話。難道他沒有交往的對象嗎？女友一定會同情他，好好地安慰他。

大概沒有吧。他如果有女友，就不會老是跟速水講電話了。

我不禁開始想像，速水或許覺得這個學長很煩吧，雖然他非常消沉，但有人每天打電話來關心……一定還是會覺得煩。坦白說，後窗先生真是個長舌公。

也不能這麼說啦。我急忙抹去這個失禮的想法。

電話有答錄機功能，速水如果真的覺得很煩，大可不要接聽，既然他會接聽，想必不討厭這位學長。速水似乎每天都窩在房間裡，因為學長經常勸他出門放鬆一下，或是用功一點。

說不定速水現在和外界的唯一聯繫就是學長打來的電話，而我這位鄰居也知道此事，才會把這事當成自己的義務，每晚打電話給速水，確認他今天過得好不好。

這只不過是我從聽到的隻字片語之中想像出來的情節，但是過了幾天，我就發現自己的猜測八九不離十。

「速水，你也真是的……」鄰居用無奈的語氣說。「看你一直這個樣子，『Anna』地下有知也不會高興的……」

Anna 地下有知。雖然聽不太清楚，這個名詞還是勾起了我的注意。從脈絡看來，這個 Anna 必定是速水的女友。

Anna、杏奈、安菜……就叫她安菜吧。我隨便幫人家扣上漢字。

原來是這樣啊……我一直不懂為什麼失戀會對速水造成這麼嚴重的打擊，原來是天人永隔。那樣當然會很傷心，真可憐……

我突然很同情速水，雖然我先前一直覺得這男人真是婆婆媽媽。

相愛的女友死了一定很痛苦吧。她是怎麼死的呢？是車禍？還是生病？

此時我的腦海裡突然浮現了「白血病」這個詞彙。

年輕貌美的女友傳來了住院的消息，速水急忙趕去了醫院，安菜開朗地笑著對他說「沒什麼大不了的啦」，但她只是強顏歡笑，在愉快聊天的途中突然劇烈地咳起來，潔白的手帕染上了斑斑血跡。最後，安菜茂密的秀髮因藥物的副作用而逐漸脫落……如此殘酷的現實讓這對情人不敢正視，然而命運的喪鐘還是無情地響起……

哎呀呀。

我連忙搖頭。剛才那段幻想情節未免太狗血了，我到底在想什麼啊，還命運的喪鐘咧。再說，白血病又不會咳血……呃，會嗎？

這就不管了。總之，年輕的女友死去是毫無疑問的悲劇，我開始理解鄰居為什麼這麼照顧深受打擊的速水了，他一定很擔心速水會追著女友走上絕路，每天打電話也是為了防止對方做出什麼衝動的行為，說得更直接點，恐怕是為了確認對方還活著。

此時我更覺得這位鄰居是個好人。他感覺不太會講電話，但還是木訥地跟對方聊天，笨拙地鼓勵對方，可是自己卻得不到任何人的鼓勵，或許他永遠都得扮演這種吃虧的角色。

他一定沒想到，附近有個人一直在聽著這些話……

我到底在做什麼？

有時我會突然回過神來，心中充滿羞恥和罪惡感。

我無法把這件事告訴別人，也無法寫在信裡。

「……這又不是我的錯，那個聲音自己要傳過來，我也沒辦法。」

我用只有自己聽得見的音量辯解著。

若是在路上聽到別人講電話，我根本不會去在意。

我會仔細聽鄰居講電話，是因為我們之間隔著兩層牆壁。因為看不到臉，因為碰不到面，反而更令我在意；此外，也更讓我放心，因為對方一定也看不到我。

晚上睡覺之前，我輕輕關上了廚房的小窗。我往鄰居的窗口瞄了一眼，看見窗子開著一小條縫，但是窗櫺和布滿塵埃的紗窗之後有著怎樣的生活，我就無法得知了。

4

下課時間，我無心地望著一位同學。

她正在和隔壁的女孩聊天。

「小駒，難道妳有喜歡的人了？」她聽到這個問題，臉立刻紅得像煮熟的章魚。

「怎麼突然這樣問？沒有啦～沒這回事啦～」她回答時尾音拖得很長。她雖然看起來少根筋，有時又會突然變得很聰明，而且她平時從來不會這樣說話。

我在一旁看著，心想「這個人真是容易看穿」。

這不是我第一次對她有這種想法。不知該說是好事或壞事，反正她在任何方面都很容易看穿，甚至可說是缺了些心眼。

好比說，我很清楚她喜歡哪堂課，喜歡哪位老師，也知道她對哪堂課最不拿手。只要看她坐的位置就知道了。

其實這是很正常的心態，每個人或多或少都有這種傾向。不過就連她在班上喜歡哪個人、害怕哪個人，我也看得出來。我知道她對可愛和漂亮的女生完全沒有抵抗力，正是因為知道這點，我也看得出來自己只被她當成「其餘的同學」，難免覺得不高興。

她有時會用崇拜的眼神看著一個漂亮女生，興奮地問同學「某某人很漂亮對吧」。被她點名的人是個脾氣差又小心眼的女生，一般人應該都會覺得她好看，但我很討厭虛有其表的人，所以不太能認同。

被她問到的那人似乎也是這樣想的。

「她在服裝和髮型花那麼多錢，漂亮也是應該的。」

對方冷淡地回答。

她聽了似乎非常驚訝。不，應該說是錯愕。她的表情顯示出了最標準的「呆若木雞」。

她真心認為「每個人應該都會無條件地喜歡美女」。這種想法並不希奇，所以女孩子才會費盡工夫想讓自己變得漂亮一點，但她的情況不太一樣，她只是近乎陶醉地崇拜著漂亮女生，就像欣賞迷人的星空，或是欣賞漂亮的花朵。

她讓我想起了「嬰兒也喜歡看帥哥美女」這個說法。她就像個天真無邪的孩子。

她的名字是入江駒子。順帶一提，我姓駒井，高中時代都被叫作小駒。老實說，這讓我心情很複雜，感覺好像被人胡亂取了綽號。

我和她沒有特別要好，但我並不討厭她。不只是我，一定沒有多少人會討厭她吧。她很隨和、脾氣很好，一看就是個有教養的小姐（只是小姐，不是千金小姐）。滿普通的，外表還算可愛，就像是在任何團體都能看到的那種人。她如果去相親，對方的父母一定會比相親對象更中意她吧。

在剛進入短大，同學剛開始互相認識時，就有好幾個人說過她很像某某人。譬如「我認識一個跟妳有點像的女生」之類的。

其實我也這麼覺得，所以有些驚訝。

不出我所料，入江一臉認真地回答「我常被人家這樣說呢」。我正在想「果然是這樣」，她又繼續說：

「我似乎都是跟大家不在乎的人很像。」

「妳怎麼知道？」

「因為話題到這裡就會結束。可見那一定是個可有可無的人，沒什麼值得說的。所以我也只能回答『喔，這樣啊』。」

她露出了哀怨的表情，讓我覺得很有趣。

我想到的人是國中時代的朋友，叫作雅美，我們只相處了一年，但感情非常好。我什麼事都會跟她講，就算是對父母、對晴香都說不出口的煩惱，我也會告訴雅美。我們喜歡同樣的卡通人物，喜歡同樣的藝人，連喜歡的漫畫都一樣。和她閒聊是我最快樂的時候，所以當我聽到她要搬家，簡直就像世界末日。分離的那一天，我哭到停不下來。

她說「我會寫信給妳，妳一定要回信喔」，我跟她勾勾手指，承諾「我會回信的，一定會」。

起初我們兩人的信都寫得很長，就像在比賽一樣。我知道雅美轉去哪一所學校，知道她的班導是個壞心眼的胖老太婆，還知道她家隔壁養了一隻叫作小時的狗。我也會向她報告自己生活中的一切，而且最後一定會說她離開之後我有多麼寂寞。

幾個月以後，雅美拖了很久才回信，內容只有一張信紙，在那之前我已經寄給她兩三封信了。後來她寫給我的信看起來都很不耐煩，時間也越拖越久，最後就不再回信了。那時我才知道，她討厭我了。

不對，現在想想她應該不是討厭我。討厭是一種很強烈的感情，然而當時我們之間的關係更淡泊、更低溫，如同在熱呼呼的濃湯裡不斷加水，最後成了一鍋稀的濁水。

她不再感興趣了。她不在乎我正在看什麼書，不在乎我每天都在想些什麼。回想起來，我的國中時代還真可憐，不只失去了一個好朋友，也失去了自己的身分認同。

再把話題拉回來。入江和雅美莫名地相似，我會特別注意她，對她有一種特別的情感，多半是因為這樣。

不，我會注意到入江還有另一個理由，那就是她常常在寫信。

大家在無聊的課堂上都會打混摸魚，而我們畢竟是文藝科，所以有些人在筆記本上寫詩或寫小說，甚至會拿給別人看。

入江藏在課本底下的都是色彩繽紛的信紙，所以她一定是在寫信。

開學不久時，她主要是寫給爺爺奶奶叔叔阿姨之類的親戚，為了感謝他們贈送的入學禮物。我之所以知道這件事，是因為她隔壁的同學問她「妳在寫給誰啊？」。問這問題的人其實是在揶揄她「是不是在寫情書？」，但她開朗地笑著回答「寫給爺爺奶奶，謝謝他們送我鋼筆當入學禮物」，因此對方只能回答「喔，這樣啊」。簡直讓人想要摸她的頭誇獎「乖孩子」。

我也常常寫信回家報告近況，所以剛開學就對入江感到很親近，換句話說，我們是寫信的夥伴。不過沒有人會問我「寫給誰」，因為我多半是在自己房間寫。我覺得寫信被人看到還滿不好意思的。如果時間不夠，必須像入江一樣在上課寫信，我都像是在做小抄一樣，寫得偷偷摸摸，就算要寫很長的信，也會看準適當的時機，一次寫個幾行，絕對不會像入江一樣光明正大地寫。

她的行為當然沒有任何值得羞恥的地方（姑且不論上課寫信是不是好的行為），寫信是很尋常的事。國中時流行過（？）在吃飯時用蓋子遮著便當，不讓別人看到自己的菜色，我不想讓人看到自己在寫信或許也是類似的心情吧。入江在吃飯時一定不會蓋住便當，而是坦然地大快朵頤。她看起來就是個不會遮遮掩掩的人。

真好耶，這種人一定沒什麼煩惱，悠哉得就像飄在藍天上的雲朵。

她聽到這種話大概不會高興吧，但我真的沒見過像她這麼我行我素的人，我做不到的事，其他人想都不會想要做的事，她都做得很自然。她當然不會做些驚世駭俗的事，頂多只是在體育課打網球的時候一臉認真地找尋四片葉子的幸運草，或是當大家聚在一起聊天時自己一個人看書看到忘我。

第二種行為很容易被人吐槽「妳到底在幹麼啊」，不知為何都沒有人這麼說，大家只會露出「真是拿小駒沒辦法」的目光。

有一次我注意到她不斷地重複看同一本書，是從書籤的位置看出來的。我大概是太閒了才會注意到這種事。這就不管了。總之我看到她讀得那麼投入，就在好奇心的驅使之下問了「妳在看什麼？」，她默默地向我展示了封面。

封面上的畫很漂亮，在一片祥和的田園風光之中有一個拿著捕蟲網的男孩。

書名是《七個孩子》，作者的名字我從來沒聽過。

「好看嗎？」

我忍不住又問道，她就開始對我解釋故事內容：「嗯。主角是一個名叫疾風的男孩，他……」

這時有個女生跑過來喊著「我跟妳說喔」，我們的對話就中斷了。

總而言之，入江是在文藝科之中很常見的文學少女，如果不是被人打斷，她說不定會講完整本書的內容。

那麼……

不久之前的某一天，包含我和入江在內的五、六個人在午休時聊天，話題是「遇到色狼的經驗」。

我想起了高中時在夜路上抬頭看星星突然被人從後面抱住的事，但我不想說出來。其他人各自分享了自己的經驗，接著也談到了從朋友那裡聽來的事。

有個女生說，她的朋友在搭山手線時，裙子被沾上某種「液體」。她注意到人群之中有個男人一直擠她，感覺很討厭，最後竟然發生了這種事。關於那神祕的「液體」，現場經驗最豐富的女生很肯定地保證「絕對錯不了」（得到這種保證也沒什麼好開心的）。

重點是，她在山手線上只搭了一站，從澀谷到原宿，時間頂多只有幾分鐘。

「那是男人的……？」

有個人提出了非常簡略的疑問，大家當然都歪著頭回答「誰知道」。大家都以為時下的年輕女孩「很厲害」，對於性愛話題非常開放，但還是有些女生一點都不厲害，對這類話題十分保守。這也是理所當然的。

大家非常熱烈地討論這樁「山手線怪談」，只有入江還是老樣子，說著「現在正看到精采的地方」沉浸於書中。其中一人見了她這模樣，就說：

「對了，我朋友有一次在客滿的電車上坐著看書，結果竟然有人把『那個』……放在她的書上。」

她又小聲地加上一句「男人的那個」。

在大家還來不及說「好噁心，真是不敢相信」或害羞尖叫，入江搶先問了一句：

「什麼東西？」

看來她只聽到「坐著看書」的部分。

大家叫著「討厭啦」，笑個不停，有一個好心的女生回答她「是在說色狼的事啦」。

入江好不容易才搞懂了情況，然後一臉同情歪著頭問：

「妳朋友當時看的是什麼書？」

「這不是重點好不好。」

大家又笑了。入江有一瞬間皺起了眉頭。

不知為何，我似乎可以理解入江的心情。

讀書對她來說是娛樂，也是無上的喜悅，她藉著那些排列得整整齊齊的鉛字在腦海中編織出故事，又在心中細細品味。

有時驚險刺激，有時歡喜雀躍，有時又讓人潸然淚下……那是藉著想像力而拓展到無邊無際的美麗世界，任何人都沒有權利將它打得粉碎，正如沒人有權利把孩子天真地紮著玩的花束丟在地上踐踏。

只要是喜歡書本、喜歡閱讀的人就會明白。

如果那是自己的書，一定會當場丟到車站的垃圾桶……不，就算是跟圖書館或朋友借來的書，應該還是避免不了被拋棄的命運，因為誰都不想把遭到這種待遇的書多留在身邊一秒鐘。但是丟棄書本毫無疑問是一種罪惡，所以在當時和事後一定都會非常難過。

這是多麼悲傷、多麼痛苦、多麼令人憤慨的事，因此那個男人的行為更讓人無法饒恕。

所以入江才沒有和大家一起笑，而是難受地皺著眉頭。

「如果是百科全書之類的，可以啪地一聲用力闔上，給那個色狼一點顏色瞧瞧。」

有個人愉快地這麼說，其他人立刻吐槽「誰會在電車上看百科全書啊？」，大家都笑了。

入江也笑了……只不過笑得一臉無奈。

越扯越遠了。

再回來講寫信的事吧。

入江不只是在剛入學時寫信，到了五月、過完黃金週，還是看得到她在寫信。她當然不是天天寫信，不過她寫信的模樣非常引人注目，有時笑嘻嘻的，一副很幸福的樣子，有時寫得全神貫注，專心得好像完全沒聽見老師在臺上教授圖書館學的聲音。

旁人看見她這副模樣，就問她「難道妳有喜歡的人了？」，意思就是問她是不是在寫情書。

入江頓時慌了手腳，滿臉通紅，矢口否認，不過大家當然不會把她的否認當成一回事。

「這年頭還有誰會靠著通信來談遠距離戀愛啊？」

「那可不一定，是她的話就很難說了。」

那些女生故意用她聽得見的音量說著悄悄話。

「沒有啦，我都說了不是這樣嘛！」入江試圖辯解，但那喜上眉梢的表情讓她的話毫無說服力。

我後來才知道，入江在不知所措的時候習慣用笑容來應對。譬如大家聊起色狼的那次，其實她覺得很困惑。別人揶揄她在寫情書時，她的心底也很迷惘，因為那不是情書，而是更特別的東西。

我當時還不知道這一點，只是很單純地相信了，「喔，原來是情書啊」。

而且我還很羨慕。

真好耶。

想笑我就笑吧，從國中那次失敗的初戀之後，我就成為一個嚮往戀愛的女孩，看了一大堆愛情小說和少女漫畫，準備工夫做得非常充足。

綜觀我們文藝科的學生，多半都是這種在實戰方面毫無作為、備戰卻十分努力的女孩，也是因為這樣，如文學少女一般嚮往戀愛的天真女孩格外引人注目。相較之下，我那些高中同學還比較勤於實踐。

或許也是因為我高中讀的是男女合校，而現在讀的是女校吧，但我偶爾還是會想到古早時代用來恐嚇女性的那句「女人讀太多書會嫁不掉喔」。看到同學們的情況，我不是安心地想著「反正大家也都沒有男朋友，我這樣應該沒關係吧」，而是會先擔心這些樣本和整體平均落差太大。

前陣子，也就是從四月到五月，我自己也發瘋似地寫了一大堆信，而且全都是寫給家人。

信上寫的當然是我自己的事，還有身邊發生的事。

裡面沒有精彩的故事。

有的只是枯燥乏味的日常瑣事。

除了和我有血緣關係的家人之外，還有誰會想看這種東西？我自己也心知肚明，才會覺得寫信是很害羞的事，而入江之所以不這麼想，原因一定跟她寫信的對象有關。這就是所謂的茅塞頓開吧。

話說回來，這年頭很少見到有男人會跟女友通信呢，入江的事會讓我感到「真好耶」也是因為這樣。只要他們願意，大可立刻踏進彼此內心深處，但他們還是保持著適度的距離感。如果是這種關係，那我應該可以接受吧。

其實我只是裝模作樣地埋怨「為什麼一直碰不到好對象呢」，若是那個人真的出現了，我反而會不知所措。我雖然個性強硬又有主見，卻不太有自信，所以我不敢和人發展出太親密的關係。

這就是我，一顆沒有人推就不會滾動的石頭。

簡單說，我的五月病和渴望戀愛病不知不覺地結合在一起了。

我在黃金週的時候回家了。其實靜岡就在神奈川旁邊，說「返鄉」似乎有些誇張。媽媽甚至要求我每個週末都要回去，但我聽到這種話就更不想回去了，整個四月都沒有回家過一趟。但環境的劇烈變化比我想像得更耗費精力，就在我漸漸變得脆弱的時候，又剛好聽到幾乎整棟公寓的人都要返鄉，讓我忍不住越來越想回家。

我好想念晴香。

讓我罹患「想家病」的其中一個理由，就是那位「後窗先生」也提到他連假時要返鄉（當然是在講電話的時候被我聽見的）。

聽到他那麼說，我突然覺得「唉，這樣我就寂寞了」。這可真怪，我竟然這麼快就對他產生了依戀。

我自己都覺得好笑，我們明明連見都沒見過。

看他平時的表現，就算回了故鄉鐵定還是會繼續打電話給速水。

我可以清楚想像出那個畫面，不禁覺得好笑，此外，我更加羨慕速水了。

小晴看到我當然是張開雙臂熱情歡迎，不過我們的房間僅僅一個月就完全變成了小晴的房間，原本放我桌子的地方現在放了一張可愛的床。

「我一直好想要這種床。」

小晴有些尷尬地說，然後就笑了。

原來一個人的居所可以這麼簡單地抹去。

第一天大家過得相安無事，家人都熱情地款待我，媽媽還做了一整桌我愛吃的菜。

第二天也過得很普通，但是到了第三天，媽媽就開始抱怨了。妳知道妳的學費和住宿費有多花錢嗎?都是因為妳的任性。妳可要好好地感謝家人。要用功讀書。不要因為沒人盯著就放鬆過頭。

「我知道啦。」我嘛著嘴回答，媽媽又說「妳根本不知道」，我們就開始吵起來，小晴急忙打圓場，而媽媽和我當然也不是真的打算大吵，但我在家裡的最後一晚覺得非常輕鬆。

呼，明天就能回公寓了。

小晴很不滿地對我說：「妳就少說幾句嘛，幹麼跟媽媽吵架呢？」

「抱歉啦。」我嘴上道歉，心裡卻在辯解「可是……」，看來我還沒有真的長大。

最後一天，小晴和媽媽送我到車站。媽媽在車站裡的商店買了安倍川麻糬。

「帶回去送給鄰居吧。」

我說著「好好好，謝謝」接了過來，媽媽似乎還想說些什麼，但最後還是閉口不語。

回到公寓後，我本來以為會有回到家的懷念心情，結果並沒有，只覺得很安靜，或許是因為幾乎所有人都不在吧。

我打開窗子通風，煮起開水，然後就聽到敲門聲。

「妳回來啦，圓香。」

開朗的聲音傳來。是多香子。

「哎，大家都跑光了，我好寂寞啊。」

我一開門，多香子就誇張地裝哭。

「妳連假沒有回家嗎？」

我先請她進來，然後問道。

「當然。」多香子不知為何回答得一臉驕傲。「不管是暑假、寒假，還是春假，我都沒有回去。」

「妳討厭回家嗎？」

「與其說是討厭回家，還不如說是討厭老爸，他是個暴力老頭。」

她突然談起了沉重的家庭祕辛。

我不知該做何反應，只能默默端出安倍川麻糬和熱茶。多香子開心地瞇起眼睛，立刻拿起麻糬來吃。

「嗯，真好吃。我等的就是大家返鄉回來的時候啊，因為一定會帶回家鄉的土產。茶也很好喝呢，不愧是靜岡茶。」

「啊，那是在附近超市買的特價品啦。」

我們一起噗哧地笑了出來。

「說是這樣說，黃金週和過年的時候還是很難熬。」多香子一邊喝茶一邊說。

「因為到處都變得空蕩蕩的。」

這一帶有三棟學生公寓。

「暑假和春假不也一樣嗎？」

「喔喔，後面的靈異宿舍也算在內啦，因為上班族沒有那麼長的暑假。不過盂蘭盆節還是會變成空城。」

「靈異宿舍啊……」

「當然不是全部的住戶都跑光，但白天通常沒人在，晚上也只有一兩戶還亮著燈，感覺挺可怕的，畢竟房子的外觀是那樣破舊。」

「我窗外的那戶也不在吧？那人在講電話時提到要返鄉。」

說出這話之後，我才驚覺說不定會被多香子以為我隨時都在豎耳偷聽別人房裡的聲音（這也是事實啦）。

多香子似乎不以為意，搖著頭說：

「那個房間是亮著的。」

「啊？會不會是走的時候沒有關燈？」

「應該不是吧，我也有去那棟宿舍送報紙，那一戶每天都有拿啊。」

「妳連宿舍的報紙都要一戶一戶地送到門口嗎？」

「是啊，大家都懶得一大早跑去共用信箱拿報紙嘛。」

「真辛苦……」

我不禁感嘆。

和多香子相比，我過得實在太悠閒、太懶惰了。我現在沒興趣打工，也很幸運地不需要打工，家裡又沒人會對我暴力相向，處於這麼幸福又充裕的環境，如果我還要抱怨，鐵定會遭天譴的。

「在黃金週的時候……」多香子一邊吃著安倍川麻糬一邊說。「有幾戶的報箱一直塞得滿滿的，但八重樫先生每天都……」

「喔？他叫八重樫啊？」

我喃喃說著。「後窗先生」終於有了名字。

「他人很好耶。我一年級剛開始打工的時候，經常送錯報紙，有時是忘了送，有時是送成體育報。有一次我事後慌慌張張地補送，但他已經出門上班，不在家裡，於是我放了一張道歉的紙條在他的報箱裡。隔天早上，共用信箱上貼了他回覆的紙條，寫著『每天送報辛苦了，今後也請多多指教』。」

「真是個好人。」

我在心中默默點頭，他確實是這種人。

可是我不明白。這麼善良的八重樫先生為什麼騙速水說他要返鄉呢？他不是很擔心自己不在的時候速水不會乖乖吃飯嗎？

到底是為什麼呢？我正在為不認識的人憂慮時，多香子盯著我的臉說：

「……剛才那句話讓妳嚇到了嗎？暴力老頭的事。」

聽到話題突然轉回來，我急忙說：

「不會啦……」

其實我真的有點嚇到。

「沒關係沒關係，任何人突然聽到這種事都會嚇到的。這真是我的壞習慣，我自己也知道，但一不小心還是說出來了。我也因為這樣而搞砸過一段戀情呢。」

她笑著說道。多麼成熟的發言啊。

倒是有另一件事讓我很在意。

「……多香子姊，妳也不喜歡妳的母親嗎？」

我脫口而出，多香子愕然地眨眨眼睛。

「為什麼這麼問？」

「因為……」

「啊，是這樣啊。」多香子笑了。「我以前想過，我一定要救媽媽逃離那個暴力老頭的魔掌，但我漸漸明白了，她根本不想要逃離丈夫。我老爸每次動手之後都會很後悔地反省，還會拚命道歉說『我太過分了，請原諒我』，所以我媽每次都會被哄住，心想『啊啊，他真的不能沒有我，他是這麼地需要我』，她嘴上也經常掛著『能跟他處得來的只有我了』、『那個人沒有我不行』之類的話，而老爸也真的很依賴她，簡單說，他們都認定了對方是自己的歸宿，不管發生什麼事都不願離開對方，畢竟那是自己選擇的人嘛。但我又不是自己選擇這種父母的，當然是能走就走。因為這真的太蠢了，不是嗎？我永遠都不要回那個家。」
我含糊地點頭。
「那妳畢業之後也不打算回家嗎？」
「當然，我要在這裡找間便宜的公寓，留在這裡工作。自己的歸宿是自己打造的。」
「真厲害……我好羨慕妳啊。」
我深深地嘆息。我完全沒有這種勇氣和魄力。
「像妳這樣也沒什麼不好的啊，妳跟家人之間又沒有問題。」
「要說沒問題嘛……嗯，也對啦。」
「可以常常寫信給家人是很幸福的。」
我寄信給小晴的時候經常被多香子撞見。
「與其和妹妹通信，我更希望有個男朋友可以通信。」
這只是一句隨口說說的玩笑話，但多香子卻很認真地回答：
「妳只要真心祈求，任何願望都會實現的。加油喔。」
聽到她的鼓勵，我默默地低下頭。
雖然我動不動就說著「真想談戀愛」、「好想要男朋友」，其實我的心底一點都不想要那種親密的關係。我很難跟多香子解釋這種矛盾的心情，其實我也不打算解釋。

多香子捏起最後一小塊安倍川麻糬，俐落地抹起剩下的黃豆粉，配著茶水津津有味地吃完了。

「感謝招待，真的很好吃。」

她瞇起眼睛，笑得一臉幸福。

我會喜歡這位外表和個性都樸實無華的學姊，就是因為她可以很簡單地感到幸福。

對了，那個人也一樣。

我不知怎地想起了入江。但我對她的不耐多過好感，這是為什麼呢？

多香子說等一下還要打工，就搖晃著馬尾走掉了，只剩我一個人留在空蕩蕩的公寓裡。

好安靜。

我疊起杯盤，拿到流理臺。餐具放在水槽裡的聲音聽起來格外尖銳刺耳。

我的五月病沒有因回家一趟而減輕分毫，我還是繼續地給小晴寫信。

我為了確認自己毫無疑問是獨一無二的人而離開家裡，結果我只確認了自己毫無疑問是孤獨的人。

我什麼都沒有。

「我是零。」

我自言自語著。沒有半點加分之處，也沒有可扣分的地方，什麼都沒有，只是一個零……

此時我突然意識到一道視線，猛然抬頭望去，竟發現隔壁房子的小窗裡有一張人臉，距離近得超乎我的意料。我忍不住發出小小的驚呼。

那扇總是遮住我視線的骯髒紗窗不知何時打開了，我清楚看見了那人的臉。

那人想必就是八重樫先生。

我當場愣住了。

他是個長相秀氣、眼神黯淡的人，看起來比我估計的年齡更年輕。或許是因為他的頭髮太長，甚至像個少女。

一般人大概會覺得他的長相「很好看」或是「很帥」，但他和我想像得實在差太多了。

我不是失望，也不是生氣，只是有些錯愕。

他和我一樣愣住了，好一陣子才張開薄薄的嘴脣，擠出一句：「那個……」

這就像是解開束縛的暗號。

我急忙用力關上窗子，還上了鎖，然後喘了一口大氣。
那片霧面玻璃像是關掉電源的電視機，不再映出任何人的任何表情。
之後我再也沒有打開過那扇窗子。

5

我總是在後面看著小晴的背影。
在課業方面，我們兩人都算是不好不壞，但是不知從何時開始，每次考試小晴都會比我稍微高幾分。運動也一樣，我們兩人都不至於差到慘不忍睹，不是跑得特別慢，也不是特別遲鈍，也沒有特別出色的地方，但是無論我們做什麼運動，都是小晴比較厲害一點。
好比說，我們兩人一起畫暑假作業規定的繪畫，小晴都會比我稍快畫完，而且畫得比我好看一點。
又好比說，我們數到三之後一起開始縫紉，也是小晴比較快做完，縫得也比較漂亮。
即使是更微不足道、更無聊的事也是一樣。好比說，我們兩人在夏末的晚上一起玩線香花火，明明兩人一起點燃，但是那血泡般的火球都是我的先落下，接著才是小晴的火球落在黑土之中。

媽媽會眉飛色舞地誇獎的總是小晴。

我們一起在學校畫了「我的媽媽」，結果媽媽連看都沒仔細看過我的畫，就對小晴說：

「畫得不錯嘛。」

我們兩人一起幫忙打掃時，媽媽也沒有稱讚我掃過的浴室，而是稱讚小晴掃的廁所說：

「喔，打掃得真乾淨。」

然後還加上一句：

「謝謝妳，真是幫了我一個大忙。」

她根本沒有注意到我這邊。

我一直努力說服自己：這只是我多心了，只是碰巧而已。是我太小心眼了，才會動不動就計較這些小事。

我一直想要這樣相信。

但是無論我怎麼轉換想法，無論我怎麼說服自己，事實還是一次又一次地清楚出現在我的眼前。

爸爸工作很忙，所以一放假就會沉溺在自己的興趣裡，而不是陪伴家人，我家的構造就像一個以媽媽為頂點的等腰三角形，可是起初一樣長的兩條邊不知何時漸漸地改變了長度。

媽媽可以分辨出外表一模一樣的我們，幾乎可以說是專家了，就算我們穿著相同的衣服，就算我們處在一大群人之中，媽媽還是分得出我和小晴，在運動會或成果展之類的場合，媽媽拍的照片也是小晴的比較多。

蛋黃破掉的煎蛋、保存期限比較短的牛奶，一定都是分給我的。缺角的盤子和杯子也一樣。切塊的甜點總是小晴的比較大塊。在切聖誕蛋糕時，小晴會分到聖誕老人，而我分到的卻是麋鹿。從學校帶回來的通知單，以及老師誇獎過的作文，媽媽總是先看小晴的。要簽什麼文件時，媽媽也總是先簽小晴的。

我不是討厭媽媽無意識做出的這些舉動，而是討厭自己一直注意著有沒有受到媽媽的疼愛，因為這些都是小到不能再小的事。是我自己太愛計較，如果讓人知道我老是在意這些事我一定會覺得很丟臉。

我經常聽人家說，有的父母只寵愛很會撒嬌的老么，有的父母更疼愛體弱多病的孩子，有的父母只在乎長子……或許在每個家庭裡都有某個孩子特別受寵。不可能完全公平，因為人就是這樣，一定會在某方面排出順序，一定要有某個人委屈，排出優先順序是必要的。

我雖然明白，卻又忍不住在意，因為我們是同卵雙胞胎。

我經常作同樣的夢。

夢見自己躺著，想要起來，卻起不來，有無數的細線把我緊緊捆在地上，就像是被困在小人國的格列佛。

附近傳來小晴的叫聲。

怎麼了，小圓？快過來玩啊。為什麼一直躺著……？

小晴沒有看到綁住我的那些細線。

小晴叫著我。

快起來啦，小圓，小圓啊……

然後我就醒了。

眼前是頂著妹妹頭的入江。她對著睡眼惺忪的我露出微笑。

早上八點從新宿出發，整整八小時都待在遊覽車上，而且我很不幸地分到了輔助座椅，簡直去了半條命。在最後一次休息上廁所的時候，看不下去的入江跑來和我換座位，之後我一直在靠窗的座位昏睡。

「妳睡得真熟。」

她笑嘻嘻地說道。

「嗯，我夢見妹妹了。」

「妹妹？高中生嗎？」

「不是，她和我一樣讀短大。」

「咦？真的嗎？以前我弟弟的學校裡也有一對兄弟在同一學年入學，因為哥哥出生在四月初，弟弟出生在三月底。他們的媽媽連續生了兩個孩子非常辛苦呢。說起來我媽也差不多吧……不對，應該更辛苦，因為我們家四個兄弟姊妹幾乎都只差一歲。」

入江一邊下車，一邊頻頻回頭，皺著眉頭這麼說。她的表情、語氣和所說的內容莫名地滑稽，讓我忍不住笑了出來。

「我媽是不同種類的辛苦，因為她一次生了兩個圓滾滾的雙胞胎。」

「咦？妳是雙胞胎啊？」

入江轉過頭來，眼睛發亮地說。

這個人真的很容易看穿。她不只喜歡美女，對雙胞胎也充滿了嚮往。

如果我們是像小說或漫畫會出現的那種美女雙胞胎，她一定會更高興，因為平凡無奇的人有兩個也沒什麼大不了的。

我一邊走下遊覽車一邊想著這些事，不知該說是壞心還是自卑。

「小心喔，請慢走。」

司機先生透過麥克風對我們說道。

五月二十九日，我們到了平泉。這是入學之後最大的活動——三天兩夜的東北研修旅行。

我從小就覺得團體旅行是一件很丟臉的事，一大群人穿著同樣的制服，跟著安排好的觀光行程呆呆走著，實在是太遜了。

不管是學校遠足或畢業旅行，我都沒有留下任何愉快的回憶。我從小就很容易暈車，所以遠足對我而言只是折磨，當場分派的小組之中總是有和我關係不好的女生，餐點多半都很難吃，而且我每次都不確定要帶長袖還是短袖的運動服去當睡衣，結果我選擇的總是跟別人不一樣，除了惹人注目之外，不是太熱就是太冷。

所以事前拿到旅行手冊時我都只是隨便翻一翻，絕對不會像入江一樣滿懷期待地數著日子，或是在旅行的兩三天前開心地唱著「再過幾晚就是新年」。這傢伙難道是小孩嗎？多麼容易滿足的人啊。

下了遊覽車，大家就呈扇形分散開來。國小和國中的遠足還比較有規矩。

如同繫在扇子尾端的穗子，我慢吞吞地跟在隊伍後面。因為我早上五點就起來做便當，所以現在很睏，而且我在遊覽車上坐的又是硬邦邦的輔助座椅，搖來晃去的根本睡不著，只能斷斷續續地淺眠，所以現在我的腦袋還昏沉沉的。

「我已經在煩惱遊記要怎麼寫了。」

走在我身邊的入江皺著眉頭說。

「妳不是每次都會在期限之前寫好作業嗎？妳一定是在七月就把所有暑假作業

寫完的那種人。」

她笑著回答：

「我不像妳那麼大膽、敢留到期限當天才寫完嘛，而且我好討厭在大家面前念自己寫的文章，真是丟臉死了。為什麼念出自己寫的文章會那麼羞恥呢？」

我點頭稱是，入江看了似乎有些訝異。

「說到修辭學與習作。」

她剛才說的遊記就是修辭學與習作的作業。

「關於圓香上次寫的文章……」

「喔喔，妳說『關於鈍器的研究』啊？」

因為老師叫我們想到什麼就寫什麼，所以我列出了身邊能夠做為鈍器的東西。廚具之中有很多不錯的選擇，園藝器材也很值得推薦，運動器材之中也有啞鈴之類的好東西，百科全書說不定也挺好用的……就這樣，寫得好像家裡到處都擺著鈍器似的。後來我被叫起來朗讀，從此就被大家貼上了怪胎的標籤。有好幾個人說「圓香鐵定有什麼毛病」。

我最近漸漸體會到，照自己的喜好寫些家人——尤其是媽媽——看到會害怕的文章是多麼愉快的事。

小晴和我不一樣，她絕對不會寫出這種東西。

我的作文內容越來越詭異了。我自己也擔心過，用這種方式來追尋自我似乎不太對。

「很有家的味道吧。」

我故意裝傻，入江就歪著腦袋問道：

「妳是不是有什麼想要破壞的東西呢？」

我有點驚愕。

「聽妳這話說得像心理學家一樣。」

「大家都說我的想法很跳脫。」

入江用悠哉的語氣說道，然後嘿嘿地笑了。看來她那句話沒有什麼深刻的含意。

此時突然有人大叫「小駒，快過來」。

「公主殿下在召喚妳了唷，入江同學。」

我笑著對她說。

宇佐美由於楚楚可憐的美麗外表及表裡不一的惡劣性格，在校內是一號知名的人物。她似乎是某大公司老闆的女兒，卻跑來這所庶民的學校讀書，怎麼看都不適合，此外，她不知為何很喜歡黏著入江。

剛入學沒多久，宇佐美已經成了系上最光鮮亮麗的團體的核心人物，但她不知何時和入江要好起來，那個團體的成員都開始說宇佐美的壞話，個性惡劣這些話也是出自她們的口中。

我聽到的壞話之中，最難聽的就是以下這句：

『……一看就知道她只是想找個人襯托自己嘛。入江同學也真是的，她自己一個人又不會差到哪裡去，何必和那種人混在一起呢？一點都不懂人心險惡……』

聽到這種話，我只想儘快逃離現場，但我只是擺出一副漠不關心的模樣，假裝在想自己的事。

唉，討厭死了。女生的小團體真的很討厭。

雖然不關我的事，但我真覺得厭煩。

自從發生雅美那件事之後，我再也不想交什麼知心好友了。

不過入江本人並不在意，或許她只是沒有聽到這些話，反正她還是那副無憂無慮的模樣。

即使同一時間在同一地點呼吸著相同的空氣，大家還是活在各自的世界之中。這還真是奇怪。

我俯看著世界，觀察著世界，就像用水族館的特殊玻璃擋在自己的周圍，我只會待在安全的地方默默地看著。對於任何事物，我都公平而公正地保持固定的距離，任何人都無法威脅到我的世界，我也不會傷害到任何人。

但入江只要發現自己感興趣的東西，或是漂亮的東西，就會立刻衝過去，彷彿看不到其他所有東西。從某個角度來看，像她這樣或許比較幸福吧。

外表美麗的東西，說不定會熾熱得把人燙傷，或是長著尖刺，或是含有劇毒……她一定沒有考慮過這些事。

入江笑嘻嘻地說「下次再聊妳妹妹的事吧」，就朝著叫她的人跑去。

我頂著還沒完全清醒的腦袋跟著眾人前進。

雖然我討厭團體行動，但我很喜歡去陌生的地方。

「……在這裡一定看不見富士山。」

我一個人喃喃地說著無意義的話。

我們到了中尊寺。當我發現浩浩蕩蕩行軍隊伍的上方開著櫻花，真是嚇了一大跳。這裡已經離靜岡很遠了。

——中尊寺是個美麗的景點，雖然櫻花都快掉光了，但現在還有櫻花真是令人意外，彷彿進行了時空跳躍。

我想起了這句話。這是我寫給小晴的信。

信中的我並不是真正的我，我感覺寫信的時候好像變成了另一個自己。

有些東西我絕對不會寫，有些事情就算打死我都寫不出來，我有時還會寫一些不屬實的事，因為信件可能會被不該看見的人看見。

說得更清楚一點，我的信一定會被媽媽看到，就算那是寫給小晴的。說不定我在寫信時最在意的其實是媽媽的目光，而不是小晴這個收件人。我的心裡一直隱約地這麼想，參觀過宮澤賢治紀念館之後，這個想法又加強了許多。

寫給別人的信件和明信片、還在修改中的原稿和塗鴉般的紙片……這些東西竟然會被那麼多人看到，換成是我一定受不了。我當然知道，拿自己去跟宮澤賢治相比實在是太失禮了。我在看展示品的時候雖然看得很開心，但我可不希望自己也淪落到同樣的處境，絕對不要……這種自私的想法令我有些內疚。

入江在不遠的前方出神地看著展示品，她一發現我，就笑著跑來對我說悄悄話。

「圓香圓香，我跟妳說喔。」

「啊?什麼事?」

「那個……」入江一副喜不自勝的樣子。「前陣子我很喜歡的作家回信給我了喔。」

她的表情是那麼地開心，像個偷偷展示自己寶物的孩子。

「回信……妳寫了書迷信啊?」

「嗯。」

入江紅了臉，很可愛地點點頭。我這時才明白。

「難道就是妳上課時寫的那些信？」

她再次像孩子一樣用力地點頭。

什麼嘛，原來不是情書，也不是遠距離戀愛啊。

的確很有她的風格。

「很好啊，真難得耶。」

聽到我這麼說，她笑得更開心了。

「不要說出去喔。」

她說完以後就快步跑開了。又有人在叫著「小駒，快過來」。

雖然她叫我不要說出去，但她根本是自己在到處宣傳，甚至連我都說了。

入江真的很好懂。她一定是因為看到了宮澤賢治寫給別人的信，所以覺得「我也有很寶貴的信喔」，所以忍不住向剛好出現在旁邊的我炫耀。

怎麼可以這麼輕易地讓人看穿自己的想法呢？我跟她又沒有多要好。

說到容易看穿，剛才叫走入江的又是宇佐美。我總覺得她最近對我特別防備，應該不是我多心了，因為她剛才還用凶惡的目光看著我。

宇佐美這個人與其說是好懂，還不如說是明目張膽，就像女人和小孩的眼淚一樣，那確確實實是她的武器。要不是有她從中作梗，我和入江或許會走得更近吧。

但我真不理解，入江被公主殿下緊迫盯人地寵愛著，為什麼還能活得這麼自由自在呢？

換成是我一定會感到窒息，想要趕緊逃走。

我現在沒有受到任何人的束縛，不過待在老家的時候，我還是會感到氣悶。

這是為什麼呢？連我自己也不明白。

回途之中看到的「夜鷹之星」浮雕上映出了我自己的身影。

被宮澤賢治描述為「醜陋的鳥」的夜鷹最後成為了美麗的故事。

而我的故事卻是這麼平凡，隨處可見，而且無聊至極。

6

——或許是我一直沉浸在這些想法裡，才會發生那種事。

那是發生在旅行第二天的事。

我們一群人前去參觀高村光太郎紀念館。

因為我們不是孩子，不用像小學遠足一樣整齊地列隊前進，在集合時間之前可以隨意去看自己感興趣的地方。

導遊宣布集合時間時我正在發呆，沒有聽清楚，所以我隨便問了身邊的人「幾點集合？」，有人回答了「四點四十五分」。哎呀，竟然有這麼長的自由時間，真意外。在宮澤賢治紀念館明明還一直催著我們快走呢。我對高村光太郎不太感興趣，所以對此有些不滿。

我先照著觀光行程隨便走一圈，然後發現了歷史民俗資料館，我心想「這裡看起來有趣多了」，決定進去參觀。

進去一看，確實挺有趣的，花卷人偶的質樸風格怎麼看都看不膩。我仔細地觀賞了很久，突然發現集合時間快到了。

我急急忙忙地跑向集合地點。雖然有點倉促，應該還是趕得上。

可是我卻沒有看到遊覽車。

一時之間我還搞不清楚發生了什麼事，過了一陣子，我才明白自己被拋下了。

不巧的是我把旅行手冊丟在車上，只帶著零錢包下車。接下來的行程是在某處吃晚餐，然後在花卷市內的某旅館過夜。旅行手冊並沒有寫出餐廳的名字，旅館的名字和電話號碼應該有寫，但我完全不記得了。這真是我在團體行動時的壞毛病。反正隨便跟著大家參觀，上了車就呼呼大睡，還是能到達目的地。我把事情想得很簡單，結果因此栽了個大觔斗……

旅行手冊裡有旅館的簡單介紹。對了，我在車上聽過入江大叫：

『嘿，聽說我們今晚住的旅館最有名的就是魚塩耶。不知道那是什麼東西……』

『什麼魚塩，是魚塭啦。』

旁人冷靜地吐槽，入江又哇哇地叫了起來……魚塭、魚塩……這兩個字確實長得有點像，但誰會看錯啊？

真是毫無意義的事。為什麼我可以把這種無聊事記得如此清楚，卻記不得旅館的名字呢？

而且我連自己目前所在的地名都不知道。

我真是挑錯時機走丟了，如果這時才剛吃完午餐，餐廳裡一定有團體訂位的紀錄，一下子就能聯絡上導遊了，但紀念館不可能會有預約紀錄。

開始起風了，雲朵飄過天空的速度變得更快，攀爬在路邊的葛藤葉子在風的吹拂之下露出了背面的白色，像是在舉手投降。

如果我是小孩，事情就簡單多了，只要放聲大哭，大人們就會圍過來幫我想辦法，但是我都已經十八歲了，怎麼可能用這招呢……而且旁邊根本沒有人。

我拿出零錢包，數一數裡面的金額。總共五百六十五圓，而且沒有半張卡，簡直就是小孩子的錢包嘛。

此時我好後悔剛才花錢買了歷史民俗資料館的門票，不過就算五百六十五圓變成了六百六十五圓，我的處境也不會變得比較好。

我不知所措地佇立在停車場，突然看見一輛遊覽車開進來，我喜出望外地想著

「車子回來接我了嗎？」，但車身寫的是本地遊覽車公司的名字。

車門開啟，吐出了一群群的遊客。

這裡不是無人島了，但那輛遊覽車也幫不了我。我輕輕嘆了一口氣。

現在最好的方法就是回到剛才的資料館借用電話和電話簿。我不知道花卷市內有多少間旅館，反正只要從頭打到尾，一定能找到今晚的住宿處。

我們那一團應該還沒辦理入住，可能還要等一陣子才聯絡得上，這段時間我也只能繼續待在停車場。我望向天空，發現雲朵不祥地變厚了。我幾乎是狂奔回到資料館。

我在十公尺之外就發現了那塊牌子，不用走近我就能猜到內容，但我還是只能走到門前。

「本日休館」

太悲慘了。

都是我拖拖拉拉的，如果當時立刻行動，說不定還來得及。

「幹麼急著關門啊……」

我喃喃地抱怨道。

說不定我是最後一位客人，我前腳一走他們就把門關了。

我感受著依然撲通撲通響的心跳，又回去停車場。剛才那輛遊覽車還停在那邊，駕駛座上有人，車門是開著的。

「那個，不好意思……」

聽到我的聲音，司機驚訝地轉過頭來。

「是，有什麼事嗎？」

他回答的聲音有些拔尖。

冷靜點、冷靜點……我在心中默默地安撫著自己和司機。

「我跟學校的研修旅行團來到這裡，但是錯過集合時間，被遊覽車丟下了。我也不記得今晚要住的旅館叫什麼名字，不知道該怎麼辦……」

說出自己的情況時，我覺得好丟臉。真是個冒失的旅客啊。

「那還真是……傷腦筋呢。」

司機皺著眉頭，一副真的很傷腦筋的樣子。

「我沒有太多時間，再過二十五分鐘乘客就要回來了。」

「我想也是……」

我喪氣地垂下頭，但司機催促著我說：

「好了，快上車吧。」

「啊？」

我驚訝地抬起頭，他笑著說：

「我載妳去有電話的地方，快一點。」

他再次催促，我只好乖乖上車。

「……這樣真的可以嗎？擅自發車不太好吧？」

我開口詢問時，車子已經開始走了。

這畢竟是遊覽車，座位上還放著乘客的物品，沒喝完的罐裝咖啡、已開封的零食、遊覽手冊都躺在座位上，沒有地方可以坐。我遵從司機的指示坐在最前排的導遊座位，就在駕駛座後方。

「擅自發車當然不好。」司機直視著前方說。「不過現在有緊急狀況。」

「對不起，給你添麻煩了。」我低頭道歉，一抬頭就看到了電話亭。「啊，那裡有電話。謝謝你。」

但是車子沒有減速。

「如果妳在這裡下車，妳要怎麼說明自己現在所在的地點？旅館的名字也不知道，妳打算怎麼聯絡呢？妳身上帶了足夠的錢嗎？」

聽到這一連串的問題，我又低下頭去。

「你說得沒錯……可是乘客快要回來了，我不能再繼續麻煩你。」

「沒事的，很快就到了。」

到了？到哪裡？

司機似乎聽見了我內心的聲音，一邊轉方向盤一邊說：

「附近有個我很信任的人，我會把妳送到那邊。」

他的語氣聽起來真是可靠極了。我在車上的期間一直呆呆地反覆說著「不好意思」和「謝謝」。

老實說，如果他開的是自己的車，我別說是致謝了，反而會感到恐懼和警戒，但他開的是大得可笑的遊覽車，這種交通工具感覺跟動物園的大象一樣溫和無害。理由或許不只是這樣，但我在這時還沒有意識到。

總而言之，我沒有半點不安。發現自己被丟下時那種類似孩子和父母走失的恐懼感已經消失無蹤。

司機把速度提高到瀕臨違規的邊緣，我的心臟如同煮沸的奶油燉菜一樣啵啵作響。

最後車子停在一間房子前面，正確地說，那是一間類似小飯館的店鋪。

「好啦，快下車吧。」

司機回頭說道，自己也站了起來。這時我才看清楚他的臉。

該怎麼說呢，他給人一種很典型的純樸感，笑起來會瞇成一條線的單眼皮眼睛，很有存在感的寬鼻子，骨感的體格……而且比我想像得更年輕。

司機被我盯得有點臉紅，然後又催了我一次。

他跑進那間店，和站在廚房工作的女人說了幾句話，那女人驚訝地抬起頭，但手上的動作完全沒有停止，她邊聽邊點頭，還轉過頭來對我微微一笑。

狹小的店裡坐滿了人，有幾個人好奇地看著門外的遊覽車。

司機快步走到門外，對我說：

「我已經跟她說過了，沒問題的。希望妳早點和同伴會合。」

他給了我一個笨拙的笑容。

我還來不及向他道謝，他就匆匆上車，關起車門。

看著遊覽車飛也似地開走之後，我掀開門簾走進店裡。

如外觀所示，這的確是一間小飯館，裡面的客人全是男人，他們把小菜盛在堆積如山的白飯上，大口大口地扒著飯，不然就是稀里呼嚕地喝著湯。聞到飯菜的香味，我的肚子立刻叫了起來。

「喔，就是妳啊。過來吧。」

像是老闆娘的女人對我叫著，我便走向廚房。她說著「這個給妳」，交給我一本電話簿和室內電話的子機。

「還有這個。」

那是一把圓椅。我先向她道謝，然後坐下來，從目錄的職業分類找出花卷市內的旅館，從第一個開始打電話。

「……不好意思，我們這裡沒有學校來預約喔。」

我一再聽到這句話，一再失望地垮下肩膀，然後突然看到了似曾相識的旅館名字，我興沖沖地打過去，這次總算矇對了。

「……請問你們那邊有魚塭嗎？」

我這麼一問，對方就笑嘻嘻地回答「有啊」。

櫃檯的人說的確有我們學校預約的紀錄，但是人還沒有到，我請旅館幫忙轉告「到了請和我聯絡」，老闆娘必定聽見了我的對話，所以隨手丟來一個火柴盒，我讀著火柴盒上的店名和電話號碼時覺得有點耳熟，好像在哪裡聽過，但又想不起來。這事不重要，重點是旅館櫃檯的人說沒有接到校方任何通知，難道至今都沒有一個人發現我不在嗎？

真是不敢相信，但鐵定是這樣。想必大家上了車就開始狂睡，因為昨晚每個人都玩得很瘋，幾乎一夜沒睡……

我嘆了一口氣。這的確是我自作自受，但我還是忍不住埋怨校方的草率。走丟一個學生也沒什麼大不了的嗎？

「和旅館聯絡上了嗎？」

正在鬱悶時，老闆娘親切地問道。

「對方說我們學校的人還沒到……總之會幫我告訴他們。」

「這樣啊，那妳就慢慢等吧。真是大災難啊。」
她開朗地說著，又回頭去忙她的事了。
店裡還是一樣鬧哄哄的。
「喂，我的還沒好嗎？」
還有人這樣叫著，老闆娘嘴上回答「好了好了」，但顯然是忙不過來。
「那個，我也來幫忙吧。」
我站起來說道。
「哎呀，不好意思……」老闆娘也不推辭，回頭對我笑了一笑。「老實說，妳能幫忙真是救了我。」
如同這句話，她真是個老實人。她的笑臉美得令人意外，比第一眼的印象年輕多了。
之後的情況只能用手忙腳亂來形容。我借了圍裙和頭巾，穿戴好之後就開始幫忙一些簡單的工作，像是收回客人用過的餐具、擦桌子、幫剛進來的客人倒水。接著老闆娘還交給我一整顆高麗菜，要我補充快要用完的高麗菜絲，然後洗了堆積如山的餐具，甚至要幫忙盯著鍋中的魚有沒有煎熟。
在這裡吃飯的似乎都是常客，不時有人問我：「咦？妳是打工的嗎？」
「呃，那個，我只是臨時幫忙……」

我這樣回答之後，對方又說「真可愛，要不要當我的兒媳婦啊？」，我不知該怎麼回答，老闆娘就在廚房裡喊道：

「不行啦，這個女孩要留給我兒子當老婆。」

回到廚房後，我悄悄問道：

「那個，妳說的兒子是……」

「就是帶妳來這裡的人啊。」

「你們是母子？」

我大吃一驚。那個司機就算再怎麼娃娃臉，至少也有二十五歲，而老闆娘怎麼看都還不到四十歲。

「看起來不太像呢……」

我盯著她那雙眼皮的大眼睛說道。

「這是一定的，因為我是繼母。」她輕鬆地說道，然後又加了一句。「先不說兒媳婦的事，妳要不要留在這裡工作？我很欣賞妳唷。」

「啊哈哈……我還在神奈川讀書呢。」

「沒關係啊，我又不是叫妳立刻過來。當然，想要立刻過來也行。」

她笑容滿面地這樣說，讓我不知該回答什麼才好，就在這時，店裡的電話響了。

「啊，我去接吧，一定是學校的人打來的。」

我拿起話筒貼在耳上。

「喂喂。」對方和我同時開口。我嚇了一跳，輕輕地倒吸了一口氣。

「喂喂。」

對方再次說道。

「呃，我是剛才的遊覽車駕駛員。我現在有一些空檔……那個，妳還好嗎？聯絡到學校的人了嗎……？」

彷彿有個東西在我的腦袋裡不停地打轉、膨脹，然後爆開。

我認識這個聲音。

為什麼之前沒有注意到呢？

我大概知道理由，這是因為我的眼睛看到了。因為眼睛看到了，耳朵反而不靈光了。

我確實認識這個聲音。雖然時間不長，但幾乎每天都能聽到。

那聲音是透過髒兮兮的窗櫺和紗窗傳過來的。

溫柔的聲音。溫柔的個性。笨拙、質樸、體貼的話語。

我默默地望向放在電話旁邊的火柴盒，上面寫著「八重樫食堂」。

似曾相識的名字。很適合綁馬尾的學姊送報紙的住戶。靈異宿舍的溫柔住戶……

錯不了，這位司機就是住在我屋後的「後窗先生」。

為什麼我會在這裡、用這種方式和他相遇呢？

在我混亂不已時，那個懷念的聲音還在我的耳邊反覆說著「喂喂、喂喂」。

不知怎的，我突然好想哭。

7

就像乘坐在烏龜的背上到達龍宮城一樣，我搭著遊覽車到達了一間小飯館。為了感謝對方，我在店裡幫了很多忙。雖然老闆娘很喜愛這個勤快的女孩（就是我），懇請我當她的兒媳婦，但我只能含淚搭上來接我的計程車回到月亮……不對，是回到旅館。

後來我朗誦這篇摻雜了浦島太郎、白鶴報恩、竹取物語等情節的搞笑遊記時，大家都笑翻了，還報以熱烈的掌聲。

我到了晚上才和大家會合，講完了事情的來龍去脈之後，在一旁聽著的入江感觸良多地說：

「聽起來真像『白鶴報恩』的故事。」

就是聽到她這句話，我才勾勒出了那篇遊記的輪廓。近乎自暴自棄。

旅行結束後，我從一位同學那裡聽到了很不愉快的事。

要離開高村光太郎紀念館時，導遊雖然點了名，但只是簡單地點了人頭，從結果來看確實是太草率了。導遊一見到我就鞠躬道歉說「真的很對不起」，反而讓我很不好意思，然後她哭喪著臉向我解釋：

「我還以為妳坐在後面，原來那裡只有帽子。」

「咦？」我不禁疑惑地歪頭。

我坐的最後一排座位堆滿了東西，最上面放著我的鴨舌帽，就是這樣她才會數錯人頭。

但我不記得自己把帽子放在那種地方。

這麼說來，一定是有人故意把帽子放到那裡魚目混珠。

所謂不愉快的事，就是有個同學從車外看見了最早回到遊覽車上的「那個人」走到最後一排。

而「那個人」就是宇佐美。

告訴我這件事的人一臉凝重地說：

「妳在問集合時間的時候，她不是立刻搶著回答嗎?當時我就覺得怪怪的……」

既然覺得奇怪，就該早點告訴我嘛。真是的。

宇佐美一定是看我不順眼，因此故意整我。很難想像我的身邊會有人做出這種事，但這是如假包換的事實。

我唯一想得到的理由是入江的事，可是其他人也會跟入江隨口閒聊，我不明白她為什麼只針對我一個人。

從幼稚園開始，我的身邊不斷地出現對朋友懷著強烈占有慾的人，多半是女生，但也有男生，而宇佐美恐怕是最嚴重的一個。

而入江這個當事人卻好像完全沒意識到宇佐美這種脾氣，該說不可思議呢，還是該說很像她的風格呢……

研修旅行經過一段時間後，入江和宇佐美的敏感關係（其中一方特別神經兮兮）發生了變化——她們之間多了高瀨這個「第三者」。

她既漂亮又聰明，看起來就像從小到大都擔任班長或學生會員的那種人。高瀨加入之後，她們的小圈圈形成了穩定的三角形。宇佐美把她過剩的友情分了一些給高瀨之後，也變得比較正常了。

這是不關我的事啦，但我總覺得入江交了男友之後一定會搞得天翻地覆，所以我看到現在的情況，真想去拍拍她的肩膀說「太好了，入江」。

不過入江本人似乎一點都不擔心，再者，看她那種純真到令人擔憂的個性，短期之內應該不會出現這種局面吧。

好啦，她們的事不重要。

現在又不是在說別人的愛情故事，而是我自己的。

愛情不知不覺地從後面的小窗飛進來了。輕輕地。悄悄地。

在花卷某處的小飯館。當時我抓著話筒，遲遲沒有搞清楚狀況。

我當下只覺得一頭霧水，感覺非常不真實。就像看書時不小心多翻了幾頁，完全搞不懂故事的脈絡……但那確實是發生在我自己身上的事。

大概是我沉默了太久，那位司機……八重樫先生擔心地問道：

「還是沒找到嗎？」

「啊，沒事了，很快就能聯絡上了。」

「那就太好了。」我彷彿可以看見他的笑容。接著他又急忙說道：「乘客快要回來了……那就先這樣了，再見。」

說完就把電話掛斷了。

他說了「再見」。但我知道，照這情況發展下去，我們是不可能「再見」的。

放下話筒後，電話又響了起來，這次真的是學校老師打來的。我拚命道歉，一邊悄悄地把印著店名和地址的火柴盒放進牛仔褲的口袋。

負責這次活動的村松老師是個豪爽的九州男兒，他回答「沒關係啦，我也有不對的地方，哇哈哈」。身為老師做出這種反應好像不太對，但我很慶幸他是這種態度。他說「現在會合也趕不上晚餐了，反正那裡剛好是飯館，妳想吃什麼就吃什麼，我請客」。還說「等到大家進了旅館，我再搭計程車去接妳」。

「老師說他會來付錢。」我這麼告訴老闆娘之後……

「妳已經幫了這麼多忙，我不會跟妳收錢啦。」

老闆娘說完以後就端出了楸麵套餐。楸麵是盛岡最具代表性的料理，簡單說就是用雞湯做底的麵疙瘩湯。這道料理看起來非常美味，再加上飢餓的加乘效果，我簡直是喜出望外。

湯底本身就很可口，裡面的雞肉也很好吃，滋味濃厚又柔嫩，還加了大量的香菇和蔬菜。

我享受著熱騰騰的美食，一邊隨口問老闆娘說：

「妳兒子之前是不是住在神奈川？」

「哎呀，是春一跟妳說的嗎？是啊。」她很乾脆地回答。「他受不了職場上的人際關係，就跑回來了。還說他再也不要開公車了。」

「他之前是公車司機啊？」

我有些訝異地問道。不過仔細想想，這也沒什麼稀奇的，公車司機回鄉就業自然會選擇本地的遊覽車公司。

「我不知道詳細的情況，總之就是經常犯錯啦。那孩子開車很小心，老是為了趕不上時間而挨罵，不然就是被後面的班次追上……還有，他因為不熟悉路線，還跟年輕的女乘客問過路。這種司機我還真是沒看過……怎麼了？」

老闆娘發現我的表情有異，就歪著頭問道。

「……那個，說不定是我。」

「啊？」

「我被公車司機問過路。剛入學不久，搭公車上學的時候。因為我坐在最前面的位置……」

就在司機的背後。那是我最喜歡的位置。

「如果真的是那孩子……」老闆娘睜大眼睛說。「那真是命運的安排呢。」

我不喜歡「命運」一詞，也不喜歡別人隨便說出來，但是聽到老闆娘說出這個詞彙，我卻頗為認同。

快要吃完揪麵套餐時，老師來接我了。他看到碗底剩下的湯就說「好像很好吃耶」，還說如果不是計程車在外面等，他也想點一份來吃。

「老師不是吃過晚餐了嗎？」

我這麼一問，他就一臉遺憾地回答：

「偷偷告訴妳，我們的晚餐不怎麼好吃。」

就這樣，我到達旅館，和眼中帶著揶揄和同情的同學們會合了。
就在入江說了那句「白鶴報恩」的隔天，她又一派樂天地對我說：
「這麼一來妳鐵定寫得出驚心動魄的遊記。」
「是啊。」我這樣回答之後，又接著說：
「假設一下，如果我發現自己待在錯誤的地方，為了修正方向而必須往後退，又不確定今後要去的是不是正確的地方，父母一定會很震驚、很生氣，而我自己也沒把握能過得很好……」
連我都不了解自己想說什麼。為什麼我會說出這些話，而且還是對入江說呢？
入江對著語塞的我笑咪咪地說：
「可是妳還是想去，對吧？妳的想法都寫在臉上了。」
「……是嗎？」
竟然被一個很好懂的人看穿了心思，讓我有種受到羞辱的感覺……也罷。
「今天是五月三十一日唷。」入江沒頭沒腦的說出這句話，我露出不解的表情，她又笑著說：
「531就是go sign——通行標誌。」
她竟然這麼輕易地鼓勵別人……換個說法就是不負責任。
我一向很排斥女生之間的親暱關係，我更痛恨只有表面上要好、私底下卻互相說壞話的虛偽關係。

但我覺得我跟入江或許可以成為好朋友。

我一向喜歡站在遠處觀察別人，保持著不會受傷也不會傷害到別人的適當距離讓我覺得很舒適。

而我現在卻想要主動縮短這段距離。

我的身邊總是圍著一道玻璃牆，我只會躲在牆後單方面地觀察周遭人們，就像看著水族館裡的魚。

而我現在卻想要自己打破這道牆。

我身上還有幾張準備寫給小晴的明信片，我拿出火柴盒，寫上八重樫食堂的地址。這是要寄給老闆娘的，我在小小的空間裡盡可能地塞滿感謝之語，最後寫了一句「也請幫我向司機先生致謝」，然後端正地寫下自己的地址和姓名。

老闆娘一定會把這張明信片轉交給司機先生。

這麼一來……

就會發生某些改變。

即使沒有發生，我也不打算就此放棄。

只是短短十幾分鐘。我坐在駕駛座後方，盯著幫助我的人的後腦十幾分鐘。

從那時開始，已經有某些事情改變了。

不，或許從更早之前就開始了。
並非只是因為在危急之時得到幫助。
站得遠遠的雖然不會受傷，但也不會產生任何好感。
如同《亂世佳人》的郝思嘉，我英勇地邁向櫃檯去寄出這張明信片。

8

人和人之間都會有些旁人無從得知的對話、經歷，以及感情，逐漸堆積起兩人的歷史。
我最近對這點有很深的體認。
從小時候開始，我就隱約地感到自己只是小晴的拷貝，只是個多出來的人。
我從來沒有贏過小晴，只是一個可悲的劣版複製品。
媽媽只疼小晴一個，對我卻很嚴厲，我一方面為此感到不滿，另一方面又覺得這是應該的。
所以，我完全想不到小晴也有類似的心情。
從我家到學校來回一趟得花四個多小時，就像媽媽所說，還不至於遠到不能通學，但是不需要在第一節次有課的日子七早八早就起床當然更好。

小晴不知何時開始在我身邊出沒，而且是瞞著我來的。

因為我們是同卵雙胞胎，所以小晴的出現在我身邊引起了一些騷動。

我本來以為我和小晴比誰都親密、比誰都了解對方，發現這件事當然非常震驚，一直為了比不上小晴而懊惱的我直接回家問她：

「妳為什麼要這樣做？」

「……我也不知道。」

小晴說完之後就沒再開口。當我要回公寓時，她卻突然要求：

「我也要去，我要跟妳一起去。」

她就像一個害怕被丟下、死命攀住母親的孩子。

我還以為媽媽會阻止，她卻爽快地答應了。

回到公寓後，她跟我促膝長談，喃喃地說了很多事。

小晴說，她很怕人，別人的視線讓她無法克制地感到害怕。

她說自己從小就有這種傾向，但現在越來越嚴重，最近還和媽媽一起去了醫院，在那裡聽到了「對人恐懼症」這個病名。她在學校常常感到不舒服，因此三天兩頭就會早退。

我第一次聽到這些事。也就是說，我一直被蒙在鼓裡，但我一點都沒發現小晴的改變也很說不過去。

「那是因為我不想讓妳發現。」聽到我為了沒注意這些事而道歉，小晴就拚命搖頭。「不對，應該說我不想讓任何人發現，因為我不想讓人覺得異常，我不希望以任何方式引人注目，我很怕跟別人不一樣。」

聽著這番話，我突然想起小晴提起斑馬的那件事。

在小晴的眼中，我就是平均和平凡的標準範本，小晴可以藉著和我相似來掩飾自己，這一點都不困難，因為我們本來就是雙胞胎。

不過那只是暫時的安慰，其實她還是一直深受折磨。

「我知道妳為了媽媽比較寵我、比較喜歡我而難過……但事實不是這樣，媽媽是因為知道我的脆弱，才會比較照顧我。當媽媽的不都是這樣嗎？所有媽媽都會出自本能地保護最小的、最體弱多病的孩子。我們的情況也一樣。」

其實小晴根本不想得到偏袒，她不喜歡只有自己得到特別待遇。

小晴說的話令我豁然開朗。

媽媽明顯的偏心，原來是用來保護易碎物品的溫柔。

小晴悲傷地笑著說：

「我一直希望能成為妳。」

這句話刺痛了我的心。

我才是一直羨慕著小晴。我對她又羨慕又嫉妒，說不定還曾經想過……

如果沒有小晴就好了。

我才不是值得讓小晴羨慕的人，我只是沒那麼容易受傷，只是比她更懂得保護自己罷了。

「……可不可以……讓我留在這裡？」

小晴戰戰兢兢地問道。

「妳在這裡就不會難受嗎？在這裡會比較快樂嗎？」

聽到我的問題，小晴含糊地點頭。

「……我不該去讀會遇到很多高中同學的本地短大，而是應該像妳一樣，去一個沒人認識我的地方。完全陌生的人不會帶給我壓力……當然，家人也不會。」

是啊，小晴在我和媽媽面前還是和從前一樣，是溫柔可靠又開朗的家中一員。

所以我才會完全沒發現小晴的異狀。

出乎我意料的是，媽媽很乾脆的答應讓小晴來和我一起住。她大概覺得反正是沒辦法上學了，待在哪裡都一樣吧，除此之外，可能也是因為她保護小晴已經保護得太累了。

生活一下子發生了很多改變。

我對公寓裡的一年級夥伴宣布不再參與煮飯輪值。因為現在只有我一個人在煮飯，所以這等於是宣告停止開伙。大家反而是一副鬆了口氣的樣子。我們把共同的伙食費分成四等份，之後要怎麼處置就隨各人高興了。

後來的日子就像用快轉播放的電影。

公寓的狹小房間化為從前的小孩臥室，我們兩人像窩在巢裡的雛鳥，吱吱喳喳地聊個不停。小晴明顯穩定了不少。我們還仔細研究了時間表，開始讓小晴代替我去上課。小晴在完全陌生的人群中看起來過得很快樂。

至於我的情況，似乎有些人開始批評「駒井圓香突然變得很冷淡」，但我完全沒有放在心上。

有一件事更重要。那是在我和小晴共同生活的不久之前。

司機八重樫寄來了一封信……這應該會是我這輩子重讀最多次的一封長信。

＋＋＋＋＋＋＋＋＋

駒井圓香小姐：

聽說妳上次在我媽媽的店裡幫了很多忙，真的很謝謝妳。媽媽也很感謝，說妳能幹得不像一般的年輕女孩呢。

我也一併附上了媽媽寫給妳的信。媽媽一直吵著要我快點回信，但我並不是因為媽媽的要求才寫信給妳的，我會這麼晚回信，也不是因為不想寫。

我一直在煩惱這封信該怎麼寫，不知道要怎麼寫才不會引起妳反感。老實說，我現在還是不知道，但若繼續拖下去，可能永遠都寫不出來，難得妳給了我這個機會，要是白白放過就太愚蠢了。

妳一定不明白我想要說什麼吧，其實我自己也很混亂。我一向不擅長隱瞞事情，而且這事也沒必要隱瞞，所以我就直說了。

在妳來岩手縣之前，我已經認識妳了。

妳應該聽我媽媽說過吧，我之前是在神奈川當公車駕駛員。身為新人的我經常犯錯挨罵，我甚至會忘記路線，還得向乘客問路。

這麼沒用的駕駛員在那條路線不可能有第二個了。那個人就是我。而回答我的人正是妳，圓香小姐。

妳還記得嗎？後來妳朋友對妳說話，她用又高又尖、很有特色的聲音喊著「圓香」，好像還說了些「今天的晚餐是什麼」之類的話。

我一直記得那時聽到的聲音和名字。

妳知道嗎？在妳住的公寓後面有一棟破破爛爛的宿舍，附近的人都叫它「靈異宿舍」，真正的名稱是名邑宿舍，那是給我們這些單身的駕駛員住的。

那個房間我幾乎只用來睡覺，後面的小窗也很少打開，但是有個男性朋友在四月住了進來，他嫌我房間空氣太汙濁，所以我後來都經常開窗。

那扇窗子開始飄進飯菜的香味，因為對面的抽風扇正對著我的房間。我得先說清楚，那個味道絕對沒有讓我感到不舒服，我從小在食堂長大，對我來說飯菜的味道就是生活的味道。

我第一次發現，飯菜的味道跟人一樣，都有自己的個性。

精心熬製的味噌湯味道、紅燒的味道、煎魚的味道。我後來才知道，飄來這些味道的都是「圓香」這個人負責下廚的日子。

我住在那個狹小老舊的宿舍裡，根本沒有煮飯的時間和心力。坦白說，我一直為了職場上的人際關係而煩惱。

寄住在我房間的那位青年因為某個女性過世而受到很大的打擊。以前他家和我家交情很好，他也很仰慕我，但他就連對我也不再開口了。

只要一有空，我就會鼓勵他，說不定我鼓勵的根本是自己。我也想過，說不定我說話的對象其實是妳，圓香小姐。

妳一定覺得我怪怪的吧？

我從來沒有正面看過妳，跟妳只講過一次話，而且還是在駕駛座上背對著妳。

我們的關係就只是這樣而已。人只要活著，只要過著生活，跟別人或多或少都會有些關係。但也僅止於此，不會再有任何進展。這種關係幾乎等於沒有關係。妳應該沒有意識到妳對我發送了多少訊息。

不知從何時開始，每天都會飄來妳做菜的味道，那是生活的味道，生命的味道……我覺得這樣說一點都不誇張。

每次聞到那些料理的味道，我就會想起遙遠的故鄉。我的父母一起經營食堂，但我媽媽在我國小時就過世了，爸爸一個人把我拉拔長大，在我離家讀大學之後才又再婚，對象就是現在的老闆娘。

不幸的是，爸爸再婚三年之後就過世了，我也因此失去了可以回去的老家……失去了歸宿。不對，應該說我本來是這麼以為的。

這真是個愚蠢的想法。既然妳見過她，妳一定也知道，我的新媽媽是個直爽、沒有心機的人，個性又很敦厚，而我竟然那樣顧慮她、疏遠她，實在是太愚蠢了。

雖然是這麼明顯的事，我卻一直看不清楚。結果是妳料理的味道讓我看清了這點。

為了讓別人吃得開心而做的料理味道勝過了千言萬語。那是生命所需能量的味道……這樣說會太誇張嗎？

我不適合住在都市，而且我深愛著故鄉。我終於看清了這些事……不，應該說是被點醒的。

最奇妙的是，寄住在我房間的青年也在那時出現了好轉的跡象。當然，這說不定是因為他自己的某些經歷，但我還是覺得這多少都和我的改變以及妳料理的味道有關。

我想，真正重要的事並非只能從視覺和聽覺接收，而是五感都體會得到。妳傳遞了很多訊息給我。或許這永遠都只是我擅自認定的想法。

畢竟我是個逃避痛苦、逃避煩惱，逃回故鄉的人。

就算沒有逃走，我也只不過是住在妳隔壁棟、一個素昧平生的陌生人，所以那種想法遲早會消失得無影無蹤。

可是……

那一天，那個下午，在那個冷冷清清的停車場。

當我看見妳的一瞬間，是多麼地驚訝。

妳想像得出來嗎？

妳搭公車上學時，經常坐在駕駛座後面的位置。那一天，妳也坐在同樣的位置上。

在我後方的那個座位、那個場所、那個空間，是如此地寶貴……

我由衷感謝把妳帶到那個地方的一切巧合。

是的，那只是一次難得的巧合，但我不打算再繼續依靠巧合了。即使我很擔心會惹妳討厭，我還是要誠心誠意地拜託妳。

請再和我見一次面。這次不是背對背，而是面對面，我有一些話想要當面告訴妳。

八重樫春一

9

在約定的日子，約定的地點。

八重樫先生出了車站票口，筆直朝我走來，然後停在我前方兩公尺……不，一點五公尺的地方。

他沒有立刻說話，我們兩人都默默地看著對方。

「……剛好是這種距離……」我終於先開口了。「我們一直維持著這種距離過日子呢。」

在這一個多月之間。我們離彼此這麼近。

連我都不敢相信，我主動飛奔而去，消除了最後的這點距離。

我們聊了很多事，好像怎麼講都講不完，因為我們對彼此幾乎是一無所知。他出生於春天吹起第一道暖風的日子，從小就被朋友稱為車子博士，其實他最想當蒸汽火車的駕駛員，不過他也喜歡公車，在狹窄道路和擁擠路口能以高超技術靈活轉彎的公車駕駛員是他平日就能看見的英雄。

聽了他說的話，我才知道「公車司機」的正確稱呼是「公車駕駛員」。據他所說，這兩種名稱截然不同。感覺他對這點非常執著。

八重樫先生說話的腔調和住在關東的人差不多，要聽得很仔細才能聽出他說話的尾音、拖長的語調、抑揚頓挫帶有一點東北的味道。

「因為現在有電視啊。」八重樫先生笑著說。「說是這樣說，其實我現在和剛來時的腔調也不太一樣了。」

「我只有在研修旅行時聽過一點岩手方言，感覺是很溫柔、很有人情味的腔調呢。」

聽到我這麼說，八重樫先生很開心地教了我一些岩手縣的用詞。

我也聊了自己的事。我說自己生在離富士山很近的地方，他不好意思地回答說自己連富士山的山腳都沒去過。

富士山在我的故鄉看起來那麼大、那麼美，又那麼近，但是在學校看到的富士山小到彷彿可以捧在手上。當我意識到在他的故鄉完全看不到富士山時，真覺得不可思議。

他告訴我，岩手縣最具代表性的岩手山又被稱為岩手富士，或是南部富士。

原來喜歡一個人就是把種種未知灌注到自己的心中。

從前我所不知道、也不在乎知不知道的知識、感情，以及自己⋯⋯

被這些事物漸漸充滿竟是如此幸福、如此喜悅、如此奇妙。

此外，我也明白了從前的自己是多麼地空虛。

我以前覺得一見鍾情的故事都是騙人的。戀愛那種東西只是連續劇主角一般的俊男美女才會有的，只會在跟我無關的地方，發生在跟我無關的人身上。

我們一邊聊天一邊搭上江之電，看到海之後就下了車。八重樫先生和我都不是本地人，我們都是第一次來這裡。後來我們只是一直沿著海岸走，要去哪裡、要怎麼走都不重要。

海邊有些穿著T恤的男人在忙東忙西的，他們正在撿拾掉得到處都是的夾板和木材。看到他們的舉動，我突然想起一件事。

「對了，今天早上的報紙有提到，颱風帶來的巨浪沖垮了剛蓋好的濱海小屋。」

這場颱風在夜裡迅速地離開了。還好沒有影響到八重樫先生搭乘早上第一班新幹線……我心中浮現的只有這個自私的念頭。

「真令人同情……」

他不是在說場面話，而是真的一臉同情的樣子。

「就是啊。」

我回答的時候，想起了入江說過的話。

——妳是不是有什麼想要破壞的東西呢？

我確實有東西想要破壞，想要弄得如同被大浪沖垮的濱海小屋一樣七零八落。

那就是小晴和媽媽和我所構成的歪曲三角形。

此外，還有我圍在自己身邊的玻璃護欄。

我原本是想要破壞的，如今卻發現這些東西已經不知不覺地消失了。

想必是颳過了一陣大風吧。

頭上是被颱風清掃一空的藍天，視線下移，看到的是風浪依然洶湧、深不見底的海洋。

「夏天已經來了呢。」

我喃喃說道，他也悠哉地回答「是啊」。光是這種簡單的對話就讓我開心得不能自已，真是太奇怪了。

「……我第一次寄信給妳時，裡面附上了媽媽寫的信。」八重樫走著走著，突然說道。「她都寫了些什麼啊？」

他似乎很擔心。

「寫了什麼……」我含糊其辭。「寫了很多事啊。」

確實寫了很多事。她直言不諱地寫了很多關於八重樫先生的事。

——別看春一那個樣子，他可是戴了隱形眼鏡喔。那麼小的眼睛怎麼戴得下隱形眼鏡啊？妳不覺得奇怪嗎？

像是這種話。

——那孩子就是缺了些心眼，如果去公司行號上班一定沒辦法出人頭地。還好他沒有去當普通的上班族。

還有這種話。總之她很不客氣地說了他一堆壞話之後，做出了以下的結論。

——如果要用一句話來總結那孩子的個性，那就是「誠實」。媽媽說自己孩子的好話或許不太可靠，但我真的很推薦喔。我是說真的，只限一個名額，先搶先贏，妳覺得怎樣啊？買到賺到喔。

「那個，你媽媽真的很關心你呢。」

聽我這麼說，他疑惑地歪著頭。

「我總覺得她一定不會說出什麼好話……算了，無所謂。」

他笑了起來，一雙小眼睛瞇得更細了。

我們輕鬆地聊著天，看著風景，不知不覺走了很遠的距離。八重樫先生靠著觀光導覽圖和地址就能暢行無阻，沒有半點猶豫或迷惘。

我事後查地圖時還大吃一驚，我們當天走了非常遠的路，但走的時候卻一點都不覺得累。

他隨口問我「要不要去鎌倉？」，我回答「好啊」，但我根本不知道路程有多遠，總之就是不停地走，一路走到了長谷，就是有知名大佛的那個地方，接下來的行程經過了源氏山公園、錢洗弁天神社，最後到達明月院。

途中（我根本搞不清楚是什麼地方）經過一間看起來很平易近人的法國餐廳，我們就在那裡用了遲來的午餐。

我們一進門就有個服務生迎了上來，八重樫先生輕鬆地抬手向他打招呼。

「因為你在這裡打工，所以我來看一看。」

服務生睜大了眼睛，然後露出了調侃的笑容說：

「是趁著約會順便來看我嗎？」

八重樫先生不好意思地回頭對我說：

「啊，我來幫妳介紹，這位就是寄住在我那裡的……」

「速水先生，對吧？」不等他說完，我就搶先回答。「我經常聽見八重樫先生喊著速水速水的……」

我曾經看過一張臉出現在那扇小窗後……現在想想，那應該是速水吧。

「感謝妳一直用料理的味道招待我。」

速水微笑著說。

「後來怎麼樣了？」

八重樫先生問道，速水只簡短地回答「託你的福」，然後帶我們到窗邊的座位。

「他啊……」速水離開之後，八重樫先生探出上身對我說。「自從重要的人過世之後，他就不跟任何人說話了。我很擔心他，所以帶他回我的宿舍住，但我根本不知道能做什麼……」

「結果我就被他軟禁在那棟靈異宿舍。」

速水不知何時端著冰水走過來，開玩笑地插了嘴。

我現在才知道，原來他不是在講電話。

八重樫先生不是對著話筒說話，他是對眼前那位封閉了心靈的男子說話。

「……原來我們住得那麼近。」

但我們三人直到現在才第一次正式會面。

「真是不可思議呢。」

速水露出了輕柔的微笑。

他曾經逃避自己、逃避他人，躲在狹窄的殼中。

八重樫先生逃離令人窒息的都市職場，回到了故鄉。

小晴逃離了熟人的視線。

而我也從家裡那個歪曲的三角形之中逃了出來。

我們全都是膽小鬼。在人生正途上勇往直前的人，一定會覺得我們都是無藥可救的軟弱傢伙。

但是……

只要活在世上，一定會有除了逃跑之外別無他途的時候。與其奮不顧身地往前衝，陷入悽慘的後果，還不如逃跑比較好。

已經打出的文字大可用退格鍵消除。

只要退後一些就好了，只要重來就好了，反正可以再打出新的文字。

如果可以這樣想，人生一定會過得更輕鬆。

因為後退幾步或許就能找到正確的道路，以及安穩的位置。

餐點送上來了，我們邊吃邊讚美「真好吃」，其實我根本食不知味。一直背對背的人如今正和我相對用餐——這個情況令我心臟撲通撲通跳，腦袋飄飄然，靈魂幾乎要飛上高空。

吃完飯以後，我們又走了很多路，說了很多話。

八重樫先生的生日已經過了，我覺得很遺憾，同時也迫不及待地開始計畫明年的春天要如何安排。

我從來都不知道。

思考將來的事竟是如此快樂。

未來就像遙遠的地平線，遠遠的，圓圓的，無止境地延伸。

10

「那我走囉。」

我對小晴說了這句話，便離開了公寓。

我的行李只有一個大提袋，其他的東西已經分裝在幾個紙箱裡先寄過去了。

父母一定無法理解我打算做的事，他們一定會說我想得太簡單、太輕率、太離譜，搞不好還會說得更難聽。

但我確定我現在要做的是正確的事。我有堅定的自信和決心。

既然如此，那就沒問題了。

小晴好像快哭出來了，我也泫然欲泣地對小晴說：

「要保重喔。」

「妳也要保重。」

從旁邊看起來一定像是在照鏡子，因為我們兩人長得就是那麼像。

但我現在真心相信，我在這世上確實是獨一無二的。

這個世界和我以前想的截然不同。隨時隨地都有故事誕生，即使不太有戲劇性。在學校裡偶爾說說話的女生，住在隔壁棟的住戶，連長相都沒看清楚的公車駕駛員，還有小飯館的老闆娘。

生活之中有無數的故事，有時擦身而過，有時產生交會。這一點任何人都一樣，而我自己當然也是。

最重要的是，有沒有注意到。

雖然行李很重，我的心情卻輕鬆得想要跳步。我心血來潮去了書店，看看有沒有哪本書想要帶到新幹線上看。現在時間還很充裕。我一個人住的時候常去這間書店，如今也要跟它告別了。

逛了一陣子，我找到一本跟岩手縣有關的書。我迅速翻了幾頁，裡面除了介紹簡略的歷史和當地祭典之外，也提到了方言。有一條說明吸引了我的注意。

姊姊——Anne

我有些訝異，同時想起了「安菜」（Anna）這個名字。

此時有個聲音問道「這位客人要找什麼書嗎？」，回頭一看，發現竟是速水，他的身上還穿著印有店名的圍裙。

「你在這裡打工嗎？」

「是啊，這個月剛開始。話說妳那個……」他看看我拿著的書和行李。「該不會是要去找春一哥吧？」

「是的。」

被他這麼一說，我的臉頰有些發燙。

我點頭承認，速水就一臉開心地說：

「妳真有眼光。」

「我也這麼覺得。」我若無其事地回答，然後小聲地說：「不過連我都想不到事情會發展成這樣，竟然為了他而丟下家人和學校……」

「也就是說，妳達到了脫離速度對吧。」

速水面帶微笑地說出一個我聽不懂的詞彙。
「那是什麼？」
「脫離速度，escape velocity。」他以標準的發音解釋著。「就是讓物體擺脫天體重力場而飛出去的最小速度。又稱為逃逸速度。」
逃逸速度……我光聽還不太能理解，想了一下才想到是哪個字，忍不住笑了出來。真搞不懂這個人，不過他還挺有趣的。
「……託妳的福，我好像也要達到脫離速度了。」
翻譯過來，應該就是從女友過世的打擊之中重新爬起的意思吧。
「那真是太好了。」
我由衷地這樣想。太好了，我們能認識八重樫先生這樣的人真是太好了。
「妳要買那本書嗎？」
速水指著我手上的書問道。
「是啊，麻煩你了。」
「那就去櫃檯吧。」
速水率先走去，途中從文藝區拿了一本書。
「啊，袋子和書皮都不用。」
我習慣性地對著櫃檯內的速水說。他點點頭，拿出自己的錢包，和我買的書分開結帳。

「不嫌棄的話請收下，這是餞別禮物。」

他把剛才那本書遞給我。作者的名字我從來沒聽過。

「這樣太不好意思了……」

我猶豫地說道。我實在沒有理由收他的禮物。

「或許會增加妳的負擔，不過至少可以用來在車上打發時間……再說春一哥也是我的恩人之一。」

「你還有其他恩人嗎？」

「嗯，有啊。一個沒見過的女孩。」

他用開玩笑的語氣笑著說道。

「喔喔。」我不明所以地點點頭，然後低頭看看封面上的繪畫。咦？我好像在哪裡看過……「這幅畫很有意思呢。」

「唔，是嗎……」

明明是他送我的，怎麼會是這種反應？

「謝謝你……」我不好意思拒絕他的美意，就道了謝，收下書本。正要叫他「速水先生」時，卻突然發現不對。

他胸前名牌寫的是其他的名字。

「咦？你不是叫速水嗎？」

他「啊」了一聲，笑了出來。

「那是我的名字，這個是姓氏。」

他指著自己的名牌說。

「什麼嘛，我還一直以為……」

我一直把Hayami的漢字想成速水。對耶，仔細想想，他都把八重樫先生稱為「春一哥」。可以直呼其名的關係也挺不錯的，我不久之後也會……我一邊如此默默想著，一邊問道：

「Hayami的漢字怎麼寫？」

「鷹隼的隼，流水的水。」

隼水……

「喔？好特別的名字。」

「很帥吧。這是從『百人一首』的詩歌取的。妳知道吧，就是崇德院的那首……」

「嗯嗯，我知道。」

我立刻點頭。再怎麼說我也是文藝科的學生。

「真像寶塚演員的名字。」

「很多人都這麼說。」

隼水笑著說。

「我的車快來了。」我也笑著回答。「再見……謝謝你，瀨尾先生。」

我把剛買的書和剛收到的那本《七個孩子》疊在一起，正要放進包包時，又看了封面一眼。我突然想到，對了，這就是入江看得很專心的那本書嘛。她好像說過主角是一個叫作「疾風」的少年……

我在店員「謝謝惠顧」的招呼聲中走出了書店。我嘿咻一聲調整提袋時，腦海突然浮現崇德院的那首歌。

速水湍湍　奔流湔沛

礁岩分之　其復匯之

這是一首情歌，充滿熱情和決心的情歌。

真符合我現在的處境……想到這裡，我不禁紅了臉。

為了沖淡害羞，我開始思考入江的事。

那個天真又傻氣的純樸文學少女總有一天也會愛上某人……大概吧。

到了那一天，我真想看看對方的長相。當然，只是想要湊熱鬧。

不管怎樣。

現在最要緊的不是別人的戀愛，而是自己的戀愛。

「速水湍湍，奔流瀨沛……」

我唱歌般地喃喃念著，用活力十足的步伐走上車站的樓梯。

終章

＋＋＋＋＋＋＋＋＋

入江駒子小姐：

好久不見了，妳還是老樣子吧？

自從喜宴的續攤之後就沒再跟妳說過話了呢。感謝妳當時千里迢迢地跑來參加，雖然很想再邀請妳來，但路程實在太遠，而我又沒機會去找妳，所以才想到要寫信給妳。妳收到我的信一定嚇了一跳吧？

其實沒什麼事啦，只是突然很想念妳。回想起那段短暫的短大生活，我能想到的全是跟妳有關的事。大概是因為我沒有幾個像樣的朋友吧。

妳知道嗎？小晴跟妳離得比較近喔。她直到現在都住在那棟公寓，而且還去母校的教務組打工。如妳所知，我們向父母坦承交換身分那件事的時候，家裡還鬧了一陣子，還好後來都妥善地解決了，真是鬆了一口氣。駒井晴香如今也畢業了，雖然比別人慢了一點。當初把妳捲進我們的事，真的很抱歉。

我現在一邊照顧剛滿一歲的女兒，一邊上廚藝學校，當然是為了考廚師執照。我以前本來是想當圖書館員的呢，時間不長就是了。

話雖如此，我並不覺得自己繞了遠路，因為包括當時的事在內，我至今所選擇的事、搞砸過的事、完成過的事，全部加在一起，才能塑造出現在的我。

總歸一句，我現在每天都忙得暈頭轉向。妳想像一下，我得整天追著愛走路的孩子跑來跑去，一邊還要在學校實習和讀書，還得幫忙店裡的工作……每次去保育園接孩子都是匆匆忙忙的。真的來不及的話，只好拜託丈夫代班，然後他就得硬著頭皮開著空遊覽車去保育園。所以他的車上隨時都得帶著兒童座椅，以備不時之需。我女兒最喜歡爸爸去接她了。

我每天都忙得像無頭蒼蠅，但是過得很快樂。有時我會停下腳步，向自己問道：

「妳現在待在正確的位置嗎？」

我會深吸一口氣，斬釘截鐵地回答：

「當然。除了這裡以外，我沒有其他的歸宿了。」

和丈夫還是男女朋友時，我就這麼想過：即使全世界的人都討厭我也無所謂，因為我最愛的人是愛我的。

我真的這樣想，所以當時才做得出那麼衝動的事。

不過，現在不一樣了。

我喜歡的人變得越來越多，像是婆婆啦、從我腹中出生的女兒啦、追求相同夢想的學校朋友啦、婆婆店裡的客人們啦，每一個人都讓我好喜歡。小晴當然也是，我就連自己的媽媽都開始喜歡了，她還教了我很多照顧小孩的方法呢。

我發現自己真的改變了很多。

只是遇見了世界上絕無僅有的某人，為什麼就會有這麼大的改變呢？以前所有透明無色的東西，一下子全都變得五彩繽紛。

我對很多巧合、很多人物，都充滿了感激之情（當然也包括妳，甚至連宇佐美都是）。

不用說，我最愛的當然還是老公啦。

我又忍不住開始晒恩愛了，妳聽聽就算了。

妳過得怎樣呢？工作還是一樣忙嗎？

也請幫我問候一下妳那位天文宅男友。

改天帶他一起來玩吧。

我可要先說清楚，這個改天絕對不是指虛無縹緲、甚至根本不存在的某一天，而是在不久的將來必定會出現的一天。我們約好了喔，到時我再請妳嘗嘗我們店裡引以為傲的揪麵套餐。

就先寫到這裡啦。保重喔，希望妳永遠不會改變。今天的岩手山也很漂亮。

寫於花卷。

八重樫圓香敬上

本書內容曾刊登於

〈SPACE〉 e-NOVELS
《ASCII 週刊》二〇〇〇年七月二十五日號～十月十七日號

〈BACK SPACE〉《Mysteries》vol.03～04
（二〇〇三年十二月、二〇〇四年三月）

《SPACE》 東京創元社《創元 Crime Club》二〇〇四年五月刊

逆思流

空白宇宙

（原名：スペース）

作者／加納朋子　譯者／ＨＡＮＡ
發行人／黃鎮隆　副總經理／陳君平
副理／洪琇菁　國際版權／黃令歡
執行編輯／呂尚燁　美術編輯／方品舒
企劃宣傳／邱小祐　封面插畫／鄭潔文
發行／英屬蓋曼群島商家庭傳媒股份有限公司城邦分公司　尖端出版
台北市中山區民生東路二段一四一號十樓
電話：（〇二）二五〇〇－七六〇〇（代表號）
傳真：（〇二）二五〇〇－一九七九
中彰投以北經銷（含宜花東）／楨彥有限公司
電話：（〇二）八九一九－三三六九
傳真：（〇二）八九一四－五五二四
雲嘉經銷／威信圖書有限公司　嘉義公司
電話：（〇五）二三三－三八五二
傳真：（〇五）二三三－三八六三
客服專線：〇八〇〇－〇二八－〇二八
南部經銷／威信圖書有限公司　高雄公司
電話：（〇七）三七三－〇〇七九
傳真：（〇七）三七三－〇〇八七
香港總經銷／城邦（香港）出版集團有限公司
香港灣仔駱克道１９３號東超商業中心１樓
電話：（八五二）二五〇八－六二三一
傳真：（八五二）二五七八－九三三七
E-mail：hkcite@biznetvigator.com
馬新總經銷／城邦（馬新）出版集團　Cite(M)Sdn.Bhd.
E-mail：Cite@cite.com.my
法律顧問／王子文律師　元禾法律事務所
台北市羅斯福路三段三十七號十五樓
二〇二〇年五月一版一刷

■中文版■

郵購注意事項：
1. 填妥劃撥單資料：帳號：50003021戶名：英屬蓋曼群島商家庭傳媒(股)公司城邦分公司。2. 通信欄內註明訂購書名與冊數。3. 劃撥金額低於500元，請加附掛號郵資50元。如劃撥日起 10～14日，仍未收到書時，請洽劃撥組。劃撥專線TEL：(03) 312-4212 ・ FAX：(03) 322-4621。E-mail：marketing@spp.com.tw

國家圖書館出版品預行編目資料

空白宇宙 / 加納朋子著 ;
HANA 譯.--1版. --臺北市：尖端出版, 2020.05
面 ; 公分.--(逆思流)
譯自:スペース
ISBN 978-957-10-8872-3(平裝)

861.57 109003201